愿

YUAN

［韩］白温柔　著
千　日　译

接力出版社
Publishing House

桂图登字：20–2020–075

图书在版编目（CIP）数据

愿／（韩）白温柔著；千日译. —南宁：接力出版社，2022.9
ISBN 978–7–5448–7798–5

Ⅰ.①愿…　Ⅱ.①白…②千…　Ⅲ.①长篇小说－韩国－现代　Ⅳ.①I312.645

中国版本图书馆CIP数据核字（2022）第119835号

责任编辑：马　婕　　陈　楠　　装帧设计：崔欣晔
责任校对：王　蒙　　责任监印：郝梦皎　　版权联络：金贤玲　　营销主理：贾毅奎　　武　霓
社长：黄　俭　　总编辑：白　冰
出版发行：接力出版社　　社址：广西南宁市园湖南路9号　　邮编：530022
电话：010–65546561（发行部）　　传真：010–65545210（发行部）
http://www.jielibj.com　　E–mail:jieli@jielibook.com
经销：新华书店　　印制：中煤（北京）印务有限公司
开本：889毫米×1194毫米　1/32　　印张：7.5　　字数：150 千字
版次：2022年9月第1版　　印次：2022年9月第1次印刷
印数：0 001—6 000 册　　定价：39.80 元

目 录

第一章 ~~~ 001
祭日和生日

第二章 ~~~ 045
应有的负罪感

第三章 ~~~ 137
如果想要站在高处

~~~ 235
作家感言
~~~

第一章

祭日和生日

1

每年的这一天，我总是怀着愧疚的心情在清晨睁开眼睛。

走入客厅，屋子里弥漫着刺鼻的油烟味。我悄声走进厨房，一把抱住那道被油烟包围却浑然不知的身影。妈妈的身形纤细娇小，但肚子上的肉很多，我的手掌感受到肚腩特有的柔软触感。妈妈被我的突袭吓得打了个激灵，随后扭头确认，看到是我，这才一脸庆幸地摸了摸我的手背。

不过有一点总是让我感到很奇怪。偶尔我放学回家进门时，或是像现在这样突然从背后抱住她时，妈妈总是会大声地询问："是刘愿吗？是你吗？"我就纳闷儿了，不是我，还能是谁？难道还会有别人进到我们家里吗？

妈妈经常埋怨我走路轻得像猫一样悄无声息，尽管她多次提醒我走路要带点动静，但习惯又哪里是那么好改的？

“怎么起得这么早？”

“在做什么好吃的？”

“鲱鱼呗，你不是说想吃吗？”

我有说过吗？我自己怎么不记得了？可能是我在看美食节目时，无意间提过那么一次吧。但坦白地说，我对区分鱼类向来没什么天赋。鲭鱼、鲱鱼、带鱼、秋刀鱼、比目鱼……我对这些鱼的名字很熟悉，但总是分不清它们各自长什么样。我唯一能记住的就是哪些鱼可以带刺一起吃，哪些鱼刺多，哪些鱼腥味较重，还有哪些鱼的肉比较好吃，等等。毕竟鱼的种类太多了，若说区分鸭肉、鸡肉、牛肉等，我倒是挺擅长的。

“你看看客厅，到处都是油烟。”

“小愿她爸，帮我开一下阳台窗户。”

爸爸闻言从卫生间里走出来，打开了阳台的窗户。他不停地挥舞着手臂，想要将烟雾赶到外面，爸爸的样子滑稽得就像是在跳广播体操一样。

看来他们总算知道我是被油烟味给呛醒的了。火辣辣、刺鼻的味道，一种令人头晕目眩的味道……

“让我尝尝。”

“不行，还没熟呢。赶紧去洗漱。”

我匆匆洗了把脸就凑到饭桌上，今天难得一家三口一起吃早餐，因为爸爸妈妈之间总要有一个人每天天不亮就到饭馆做营业准备。可以说，一年当中他们两个人同时休息的日子屈指可数。妈妈从冰箱里拿出餐盒，慢腾腾地从里面夹了一些小菜放到漂亮的小碟子上。爸爸同样拖拖拉拉地站在窗台边给花浇水。新闻节目里播音员的声音太大，我拿起遥控器调低了一些。他们两个人相互赌气、不愿先开口的样子让我感到恼火，但我还是往嘴里塞了一勺豆腐脑，强行压下心中的不满。

“牧师有说几点到吗？”

“应该是八点吧。今天是不是只上两节课？你从辅导班回来后，时间应该就差不多了。”

“申雅姐姐也过来吗？”

“前几天倒是跟我通过电话……”

妈妈一边摆汤碗，一边含糊不清地说。

“小愿，要不你再问问？”

“知道了。”

爸爸这才不急不缓地凑过来坐下。电视中正好播到一则新闻：一名小学生从八层楼扔下水晶奖杯，砸中一名路过的六十多岁妇女，导致对方生命垂危。

我向妈妈抱怨今天的牛骨汤味道有些淡了，爸爸立即插嘴反驳说自己吃着刚刚好，肯定是我平时吃得太咸的缘故。他还批评我说，要改改这种不良的饮食习惯。也许爸爸说得没错，我平时确实挺喜欢吃咸辣口味的东西。妈妈从厨房里拿出盐瓶，往我的汤里撒了一些盐。我尝了一口，觉得味道依旧很淡，我便决定不再揪着这个问题不放，毕竟只是多吃一口泡菜或少吃一口泡菜的问题。爸爸用自己经常吹嘘的“独门绝技”帮我剔掉了鱼刺。

这时，电视上出现了一名脸部被打了马赛克的小学生。他回答记者说，自己当时只是在跟朋友玩耍，不小心扔掉了奖杯，根本没想到当时下面还会有人经过。

“怎么粘上了这么多脏东西，你的校服又要拿去干洗了。”

妈妈连饭都顾不上吃，脱下我身上的藏青色马甲，用湿毛巾擦起上面的污渍来。

这时，电视画面的下方浮现出一行字幕：水晶奖杯的重量约有两公斤。

最后，记者总结道，最近小孩子往楼下扔垃圾或石头的事例屡见不鲜，因此，人们需要对这类事情提高警惕和加强监管，同时要出台相应的处罚措施。

我重新穿上了妈妈递过来的马甲。

电视里开始播放天气预报。天气预报员说今天日夜温差较大，出行时最好多备一件外套。

我将剩下的饭倒进牛骨汤，汤和饭拌着一起吃下。我有点犹豫要不要再吃一碗饭，但瞥了眼时间，发现若不想迟到就得赶紧刷牙出发了。

“爸爸，你载我一程呗。”

爸爸咕嘟咕嘟一口气吃完早饭，先一步站起来穿上了外套。妈妈也连忙关上了电视。我一边刷牙，一边不禁思索：只是被两公斤重的奖杯砸到就生命垂危？还有可能变成植物人？

不过那名小学生会坐牢吗？不坐牢又会受到什么样的惩罚？我好像听说过父母有可能会替孩子坐牢，但总觉得这种传闻有些不靠谱。扔下去的奖杯又是谁的呢？是什么奖项的奖杯？现在估计已经被摔碎了吧？

爸爸和我一起并肩走下楼梯。若是只有我一个人，哪怕只是三楼，我也会乘坐电梯下楼。但只要是跟爸爸一起出门，我们就会百分之百地走楼梯。

“今天要是不想去辅导班，你可以不去。”爸爸将车子停到学校门前时，有意无意地说道。

我抱着书包，望着其他学生进校门的样子。由于离上课还有十多分钟的时间，大家的神色都显得很从容。

“为什么？”

“没有为什么。你要是不想去，爸爸可以跟妈妈打招呼。”

要不就不去了？我虽然有些心动，但总有种“自己在利用今天这个特殊日子”的感觉，最终还是打消了这个念头。

“算了。”

“好吧，那你赶紧进去吧。”爸爸的语气听上去好像有些责怪自己多嘴。

我走下车子，在关门之前说道：“爸，你该染头了。”

“要不你给我染吧。”

“我周末给你染吧，就染亮褐色的。”

“会不会太那个了？”爸爸一边说，一边用倒车镜确认了一下自己头发的状态。

“没有，你想多了。”

“那好吧。”

我关上车门转过身子，突然又想起了一件事，再次折返回到驾驶室旁边。

爸爸放下车窗，询问我是不是有什么话要说。

“蛋糕买鲜奶油的，不要买奶油的。如果是在我们家对面的蛋糕店买蛋糕，用手机支付可以打七折。”

虽然爸爸回答说知道了，但显得没有一点儿信服力。毕竟他向来对“用手机支付可以打折”“收集十张代金券可以换一盒外卖炸鸡”这类“节俭行为”感到不好意思。还有为了节省妈妈等餐的时间，比她先一步到麦当劳点餐的“表现行为”，也让他觉得很为难。

或许是读出了我的心思，爸爸打开 app，调出条形码，问我是不是给蛋糕店店员出示它就可以了。

由于姐姐的生日和忌日只隔着三天，所以不知从何时起，我们只筹备姐姐的生日。还好姐姐是过完生日才离去的，这可以说是唯一让妈妈感到安慰的事情了。

2

同学们大都对我很友善，所以每年我都不缺几个得以让我延续正常学校生活的朋友。

平凡的学校生活也是有标准的，那就是每天中午是否有可以一起吃饭的朋友。不过学校生活的变数太多，想拥有这种朋友可没有想象中那么容易。如果两个人是关系要好的朋友，哪怕其中一个人在睡觉，另一个人也会叫醒对方，然后强行拖到食堂；如果其中一个人喜欢磨蹭，另一个或许会站在一旁抱怨、发牢骚，但至少会等着朋友忙完，再一起去吃饭。但若是两个人关系一般，那说不定就是另一番场景了。从这方面来说，我的运气还算是比较不错的。

每天中午，我总喜欢打着消化不良的幌子，一个人留在教室里。朋友们对我的话向来深信不疑；又或者，他们已经习惯被我“说服”。有时，我会觉得他们有些隐隐期待我身体上的或心理上的这种“异常”。

由于学校食堂的饭菜水平极差，所以学校小卖部的生意总是好到人满为患。然而凭我现在的体格，想要穿过拥挤的人群买到心仪的三角紫菜包饭或汉堡包，无疑是一个极大的考验。好在我虽然缺乏勇气，但还懂得未雨绸缪，总是会提前在书包里放一些面包、饼干之类的应急食物。当朋友们都去吃午饭后，我会从突然安静下来的教室里悄然站起来，前往我的“秘密基地”。

学校大楼共分五层：一层是教务处、行政处、保健室及心理咨询室；二层是三年级教室；三层是二年级教室；四层是一年级教室；五层是音乐教室、科学实验室及多媒体语言教室，不过它们的实际利用率并不高。

学校大楼虽然只有五层，但顺着五层的中央楼梯上去，就能看到一扇通往楼顶天台的大门。大门前满满当当地堆着落满灰尘、或多或少都有些损坏的桌椅。我顺着桌椅之间的一条缝隙挤进去，来到了一套靠里面的桌椅前。

这里作为“秘密基地”不免有些简陋，但对于我来说却是一个打发时间的绝佳场所。眼前的桌椅因为经常被我用湿纸巾擦拭，再加上从几个月前开始，每到中午就会被我“宠幸”，所以已经被我打理得非常整洁，落在一圈灰扑扑的课桌中，颇有种鹤立鸡群的感觉。

我很享受这种在世间最偏僻的角落里，一边听着歌、吃着饼干，一边背诵英语单词的悠闲时光。在四十分钟的时间里，我能背诵大约二十五个生词。一想到这一切都是在给未来的自己做投资，我就感到一阵满足。不过不知为何，我今天却一直卡在第二十五个生词上，怎么也背不下去了。

consciousness

意识；知觉

姐姐，你今天要过来吗?

我合上生词本，给申雅姐姐发了一条信息。每天早上，班长会拎着手机保管袋在教室里转上一圈，但我会把自己用的手机藏在课桌底下，交给班长的只是妈妈已经淘汰不用的旧手机。事实上，除了我之外，大部分学生都会这么做。至于真的会上交自己手机的不外乎四种人：第一种是没有多余的手机可以上交的人；第二种是知道在上学期间没有人会联系自己的人；第三种是不追

“爱豆”[1]的人；第四种是浪子回头、真心想要好好学习的人。

大约过了五分钟，我收到了申雅姐姐的回复。

——当然得去。

会不会太远了？你开车没问题吧？

我斟酌了一下，又补了一句：

妈妈说，你不用非得过来。

尽管妈妈没有说过这句话；或者说，妈妈绝对会说出这样的话来……

——没事，我真的没关系的。再说，这么重要的场合，我怎么能缺席？

好，那你开车小心点。

我心中不由得生出一种想要砸手机的冲动。

---

① “爱豆”是英文 idol 的中文音译，指偶像。——本书脚注若无特别说明，均为编者注

3

新学期、新教室、陌生的环境，我为了适应一见到我就会有点精神紧张的同学们而变得精神紧张。

同班同学总是会像事先排练过一般，自然地接近我。在我认识他们之前，他们所有人似乎早就已经认识我了；或者说，他们自认为很了解我。总之，所有人都给我一种对我很熟悉、很亲切的感觉。这一点每次因升年级而班级重组时，我都能感受得到。如果有人问我会不会因此而感到不自在，我的回答是“虽然有点不自在，但与它带来的种种便利相比，这种不自在完全可以忽略不计”。

其实，我一直都很好奇，他们是通过什么途径得知那件事的。作为与我同龄的孩子，他们显然不可能是通过电视新闻了解到的，毕竟事情已经过了那么久了。如此一来，就只能是从父母那里听到只言片语，或在各种社区网站上见过我的照片。再说，只要在浏览器搜索栏里键入“银井洞火灾事件”“银井洞火灾幸存者”“十一层被子里的宝宝”等关键词，总能搜到一大堆相关报道，所以知道这件事也没什么稀奇的。只是他们在听到传闻后有没有搜过我的名字呢？找到相关报道后，下面的留言是不是也看过了呢？说不定，当年留过言的人里就有我同学的父母呢。

显然，大部分孩子都清楚在我面前提及这件事是一种很失礼的举动，而真正让我感到不知所措的，通常都是大人们。他们往往会用一副关心我的口吻来询问自己感到好奇的事情，而当听到我公式化的回答之后，又会以一副欣慰的口吻发出感慨：“好孩子，很坚强！”

不难猜测，他们心中真正所想的多半也不过是“嗯，经历了那种事情，能安然长大就已经很不错了”。

六点了。我没有想过要逃辅导班的课，但不知怎的，走着走着就走过了辅导班的大门，而且现在的我并不想转头回到辅导班。相反，我走进一家商场，在成排的化妆品柜台前漫无目的地徘徊，又叫店员拿出不同颜色的唇彩，试着涂抹在手背上，但并没有哪个颜色能让我眼前一亮。店员跟在我的身边，喋喋不休地向我推荐各种化妆品，搞得我极不自在。正当我犹豫要不要随便买一件时，那位店员突然抽出一片化妆棉，蘸了点卸妆水，细心地帮我将手背上的唇彩擦拭干净。

“我怕口红蹭脏了您的校服袖子。”

不知为什么，最终，我告诉店员自己需要一瓶防晒霜，然后在她的推荐下随意地选了一瓶，这才走出这家商场。

此时的我恨不得抽自己一巴掌。刚才为什么要说自己缺防晒霜呢？家里明明都有好几瓶防晒霜了。我顺手将刚买的防晒霜和店员附赠的几份试用装放进书包里，转身走进一家文具店，并在那里挑了几支不同颜色的圆珠笔。我向来没有丢三落四的习惯，但唯独圆珠笔是个例外，尤其是黑色的圆珠笔，每周都会莫名其妙地丢失一两支。之后，我又走进一家投币练歌厅，连点了三次歌。由于唱的都是经典歌曲集锦，所以加起来一共唱了十五六首。我低头看了下表，时间已经逼近七点，我拖着沉重的脚步朝家走去。

我现在所上的辅导班对学生的管理十分严格，说不定此时就已经将我逃课的事情汇报给妈妈了。我有点后悔自己选择这家辅导班。虽然当初我一直装作不知情的样子，但其实我很清楚这家辅导班的学费要比市面上其他辅导班的高出几十万韩元[①]。因为这家辅导班在考试前会给学生们归纳重点内容，但又不会收取额外的“特讲费”。另外，这家辅导班的讲课老师还是特聘的首尔大学毕业生。也不知今天的课程进度讲到了哪里，我明天肯定会为今天的行为后悔。因为就算逃了课，补课却是怎么也逃不掉的。而今天没做完的作业拖到明天，只会让我更加痛苦。

事实上，我并不会为这样的事情感到惶恐不安，因为家里没有人会为了这点事情对我摆脸色。就算得知我逃课的事，妈妈多半只会饶有兴致地揶揄一句：“哟，你居然也会旷课啊？”

每当生出这种想法时，我都觉得自己是一种阴森可怖的存在，因为我太会利用命运给予我的“优势”了。

出人意料地，我在小区的游乐场里撞见了妈妈。寂静的游乐场里，只有妈妈一个人孤零零地荡着秋千。很早我就发现，妈妈来游乐场的次数甚至不输于小区里的小朋友们。哪怕是在下班之后疲劳、忙碌的状态下，她也会抽空来到游乐场，在太

---

① 根据二〇二一年的韩元汇率计算，五万韩元约合人民币二百六十八元。

空漫步机或扭腰器等器材上运动一下，等活动到鼻子都冒汗了，她就离开运动器材，再坐在秋千上荡几分钟。我知道，这是妈妈的一整套运动流程。

“妈，你在干什么呢？怎么从家里出来了？”

妈妈朝我撇了撇嘴，看来应该是接到了辅导班老师的汇报电话。

“没什么，不过这话应该我问你才对吧？晚上干什么去了？”

“没什么，就是瞎逛呗。”

妈妈装作若无其事的样子朝我笑了笑，然后我们母女俩挽着手臂高高兴兴地回到家中。

“刘愿，你去削一些水果过来。”妈妈的言下之意就是，把水果削好就会原谅我了。

妈妈又把早上放在窗台上的花盆重新摆到餐桌和玄关的鞋柜上，也许在她看来这样能让我家变得更加有生气。我坐在饭桌前乖乖地削起了苹果和梨。

这时响起了门铃声，爸爸起身打开了门，我听到他说：“在楼下时怎么没打电话叫我？你也不嫌重，让我帮你拿上来多好！”

跟在爸爸后面，我从申雅姐姐手中接过大小不一的各种包装袋。申雅姐姐一见到我就露出开心的微笑，还用双手宠溺地揉了揉我的脸颊，我则小心地将手放在她那大得出奇的肚子上。

妈妈一听到申雅姐姐来了，也顾不得补妆，连忙从里屋跑出来迎接。她们就那么相互闭着眼睛拥抱了好一会儿。不过由于申雅姐姐的大肚子，两个人拥抱的姿势都不是很自然。

为了避免生出偷看她俩拥抱的嫌疑，我便把申雅姐姐买来的保健品和水果一一摆到地上观看了起来。欧米伽 -3、蜂胶、紫罗兰籽油……好些保健品的名称叫起来都很拗口，这里面有提高身体免疫力的，有促进骨骼健康的，有改善更年期症状的……

我记得申雅姐姐之前买来的保健品，妈妈一直都有按时吃。很多时候，我都不敢相信世上会有如此贴心照顾自己已故朋友父母的人。从小时候起，我也时常幻想，自己要是能成为像申雅姐姐一样的人该有多好。不过我知道想要成为像她那样的人是有条件的，那就是首先得交到一位像我姐姐那样优秀的好朋友。

申雅姐姐来了十多分钟后，教会里的人也陆续来到我们家中。

姐姐生前是一位虔诚的基督教徒，所以每当到了姐姐的生日，教会里曾经的熟人也会过来慰问一下。妈妈利索地摆出了几种水果、糕点和茶。没等我询问，爸爸就已经凑到我的耳边炫耀似的告诉我说，自己今天在蛋糕店买蛋糕时通过优惠券省下近四千韩元。

爸爸的话音刚落，牧师庄严的声音就传了过来。

“现在开始进行刘睿婷姊妹的第十二届追悼礼拜。”

尽管一年里只有在姐姐生日时才会用到，但我们家里的《圣经》却多达三本。妈妈、爸爸和我分别捧着一本大字体《圣经》、英韩双语《圣经》及写有“刘睿婷”名字的《圣经》，我们还自觉地翻到“希伯来书”或“罗马书”的页面。姐姐生前用的那本《圣经》上只有“四福音书”，这部分密密麻麻地画着荧光笔标记。牧师曾告诉过我，上面画线的部分就是姐姐当初要在圣诞节前夜背诵朗读的部分。

真荒唐！我在心中念叨了好几遍“荒唐”。不过，我又开始思考“荒唐”这个词究竟是什么意思。

除了牧师和他的夫人，曾经跟姐姐一起担任教会助教工作的哥哥、姐姐，还有姐姐小学时期的班主任及申雅姐姐等人，每年到了姐姐的生日都会按时来到我们家中。看得出这个聚会一直都是由申雅姐姐主导的，她总是心细地安排好一切。对于他们的到访，妈妈也是由衷地高兴。

至于我，一想到姐姐去世十多年，至今仍有人记得她的生日（忌日），难免会感到一些疑惑及感激，总之很复杂。但不管怎么样，他们这种纪念姐姐的心意，我是愿意接受的。

姐姐曾经上过的幼儿园隶属于教会机构旗下，申雅姐姐和她上的是同一所幼儿园。而眼前的这位牧师则是除父母之外，寥寥几个比较了解姐姐从幼儿园到初中的成长经历的大人之一。尽管姐姐上了高中之后去教会的次数骤减，见到牧师的次数也几近于无，但牧师跟我的父母聊起连他们自己都不知道的女儿的过往时，却总能做到侃侃而谈。其实，爸爸妈妈除了平安夜之外从不去教会，所以就算他们知道这些都是牧师信口胡诌的，多半也会笑着迎合而不会去反驳什么。

我听多了这样的侃侃而谈，难免会产生“似乎真是如此”的感觉。不过从十几年一成不变的故事梗概来看，牧师所讲的大部分内容基于姐姐真实情况的可能性极大。另外，看到爸爸妈妈高兴的样子，我突然觉得牧师讲的到底是不是真事，其实并不重要。如果连这种心态都没有，我很难想象我们一家人该如何度过这漫长的一天。礼拜进行得很快，快得让我以为自己还在神游天外或不小心打了个盹儿礼拜就结束了。

“睿婷那孩子不知道有多贴心。她是一个很有爱心的孩子，每周来教会的时候，兜里总会揣着各种吃食，还专门拿给牧师吃。”

礼拜结束后，牧师的夫人起了个头，牧师便一脸感慨地接茬儿说：“她经常送给我各种水果和糖果。每次从教会班车上下来，她都会径直跑到我跟前，献宝似的掏出橘子、苹果什么的，说是给我吃的。也许是担心我会分给其他的孩子，她总要站在一旁盯着我吃完才离开。到了后来，每次孩子们过来，我都会忍不住期待，睿婷这次又会给我带什么好吃的。”

“是吗？我还真是头一次听说呢。”

明明是每年都会听到的恭维，妈妈却始终装出一副从来没听说过的样子。看到妈妈那连连摇头和摆手的样子，不知情的人还以为她是在否认女儿犯下的过错呢。聚会的最后，爸爸买来的蛋糕被我们切成小块分掉了。

不知为何，此刻的我突然想起不久前在电视上看到的那位天才少女，还有她的父母。那位小姑娘明明没人教她，却能弹得一手好钢琴，就连我这种对音律一窍不通的人听着都有种不同凡响的感觉。而当专家们判断孩子的天赋已经达到天才水准时，她的父母也如现在的妈妈一样，连连摆手说着“怎么可能”。看来那对父母也是明白人，知道自己适当的贬低，能让孩子在电视机前的观众们心里留下一个好印象。

除此之外，牧师还向爸爸妈妈转述了诸如姐姐如何带领着十二名同班同学出席活动；姐姐天生就有领导气质，孩子们如何对她言听计从；姐姐曾经在圣诞节前夜表演过独唱节目，而当时她的歌声有多么震撼人心等各种关于姐姐的往事。

虽然我对一位牧师是否真的会如此关注一个孩子这件事心存质疑，但假如这个孩子每个周末都会殷勤地给牧师送去糖果、巧克力、苹果、梨等小礼物，那么在这个孩子去世之后的十几年里，这位牧师每逢她的生日就给她做礼拜，也不见得是什么奇怪的事情了。

在玄关门前，我将妈妈事先准备好的现金红包放到红参礼盒中，并不着痕迹地塞入牧师夫人的手中。虽然我塞红包的手法自认为十分隐蔽，但想来大家早已心知肚明。在我看来，妈妈准备现金红包的行为无疑会令他们的真情实意染上铜臭味。

“这怎么好意思呢。那就谢谢睿婷妈妈了。”

现在已经很少有人管妈妈叫“睿婷妈妈”了。这种叫法让我感到十分别扭，听着像是带有某种不可告人的目的一样。

在走进电梯之前，牧师握着爸爸的手千叮咛万嘱咐，让他心情平和时一定要来教会看看，还说上帝会永远等待着他。对此，爸爸只是面带模棱两可的微笑，然后转移话题说“每次都麻烦牧师，心里十分过意不去”。

这种情况不禁让我产生一种新的困惑：虽然爸爸妈妈准备的红包都够姐姐交一年的奉献金[①]了，但他们从未参加过教会的礼拜，哪怕只是出于客套；而且我不清楚我们一家人是否真的有必要参加教会的礼拜。

牧师摸了摸我的头，说今年教会里有青少年夏令营活动，我到时也可以报名参加。我不知道该如何回答牧师，只能笑着保持沉默。

我们回到屋内，看到申雅姐姐正在挺着大肚子收拾碗筷。尽管申雅姐姐一再推辞，但我还是坚决地从她的手中抢下了橡胶手套。妈妈也劝申雅姐姐赶紧坐到沙发上休息，免得动了胎气。我侧着耳朵，偷听妈妈和申雅姐姐讲悄悄话。

“离预产期还有几天？”

“刚好整一个月。”

“你平时是不是没有按时吃饭？”

“没有啊。我没事的，您不用担心我的。”

“怎么会没事！你看你的手指，都肿成香肠了。”

申雅姐姐摆摆手，说相比其他人，自己的情况已经算是很好了，还说孩子爸爸很照顾自己，所以一点儿都不觉得辛苦。

---

① 奉献金指教会中的信徒自愿捐赠的钱款。

“我原本不应该让你来的，就是担心睿婷见不到你会伤心……”

“您说的什么话。您再这么客气，我可就真伤心啦。之前就因为我怀孕不便，过年的时候都没能来看望您。说实话，这几天我一直都挺想睿婷的，而且之前一直没能来看望您，让我感到很过意不去，所以……”

“真不知道该怎么感谢你。”

刷完碗，我灌了一大口凉水含在嘴里，一动不动地背靠在冰箱上，直至嘴里的水变得温热。不知是从冰箱里面还是从屋外，传来一阵水流的咕噜声。

“刘愿，你戳在那里干什么？快过来坐下，让我好好看看你。”

我刚一坐到沙发上，申雅姐姐就将我的手拉过去，紧紧地握住。正如妈妈所说的，我也察觉到申雅姐姐的手指肿得很厉害，结婚戒指紧紧地箍在手指上，让我不禁有些担心它会阻断血液流通，导致手指坏死。

“你是不是又长个儿了？话说你都是高中生了，身高还能继续增长吗？”

“没有。我身高一直都没变。”

“学习怎么样？”

“也就那样呗。”

“你别听她瞎说，她成天就会说这句话。我跟你讲啊，她这次参加比赛，还得了奖呢。”

妈妈从来说不出贬低我的话。在我看来，她十分欠缺“说话的艺术”。其他父母聚在一起闲聊时常说的那些话，比如“我们家孩子太腼腆了”“我们家孩子进入青春期后变得什么都不愿意跟我说了”“我们家孩子语文成绩还算过得去，但数学成绩太差，我在想要不要给他报个课外辅导班”等，她是绝对说不出来的。

假如我是一个天才，那妈妈就理应具备天才父母该有的谦逊姿态，但唯独在这方面，她的社交能力和其他妈妈差得不是一星半点，让我感到十分无奈。好在她只是当着申雅姐姐的面说这些话，倒也没必要讲究那么多了。

“好了，别再说了。我都说过了，当时只是运气好而已。”

“这跟运气有什么关系？你这孩子就是脸皮薄。”

“真的吗？是什么比赛？”

“只是地区举办的小型写生比赛，而且只拿到了第三名。我当时是听说能请假才参加的，得奖也是因为当时参加的人都是业余选手。”

“你可真是多才多艺啊。记得上次参加水火箭[①]比赛时，你也得了第二名是吧？”

由于太伤自尊，我当时并没有告诉申雅姐姐所谓的第三名一共有四个人。毕竟比上不足，比下有余的情况最为尴尬。

老实说，我有时也摸不清自己的性情。最终，拗不过申雅姐姐想要看画的请求，我领着她来到我的房间。在这期间，我隐隐听到申雅姐姐用很小的声音和妈妈说：“有时觉得她跟睿婷好像啊，睿婷也是这么多才多艺。”随后又传来妈妈那略显自豪的声音：“她们都随睿婷她爸爸，她爸爸对那些敲敲打打、写写画画的东西比较擅长。老话说得好啊，龙生龙，凤生凤。毕竟都是一个爹生的，能差到哪里去！”“瞧您说的！小愿艺术方面的才华不就是随您吗？您向来眼光独到。这一点单是从家里的装潢和您收藏餐具、茶具的品位就可以看出来。”申雅姐姐净说些妈妈爱听的话。

重新翻出抽屉里的画，画技生涩、画风粗糙，我依然不明

① 水火箭又称气压式喷水火箭、水推进火箭，可利用废弃的饮料瓶制作动力舱、箭体、箭头、尾翼等。原理是利用水和空气的质量之比，压缩空气把水从火箭尾部的喷嘴向下高速喷出，在反作用力下，水火箭快速上升，而后像导弹一样飞出，达到一定高度后在空中打开降落伞完成平稳降落。

白自己当初为什么能得奖。我甚至记得，由于自己当时拿去现场的几个颜料干成了一坨，最后都没能用得上，以至于画的整体色彩显得十分单调。

姐姐曾经获得的奖状和奖杯，早就随着那场大火与陈列着它们的家具一同烧成了灰烬。妈妈不止一次跟我说过，姐姐在小学时期获得的奖状多到没有地方放，最后只能和阳台角落里的废弃报纸堆在一起。我知道她说这些话并不是想给我施加压力，但我在听到这些话以后，还是参加了所有我能参加的比赛。

尽管我听说姐姐以前在钢琴比赛、写作比赛、写生比赛，甚至在田径比赛中都获得过奖项，但对于她写过什么文章、画过什么画，我却无从知晓。不过，但凡记得姐姐的人都会异口同声地称赞她是一个好孩子。据说，在我很小的时候姐姐十分疼爱我，到哪里都会背着我，以至于我跟她比跟妈妈还要亲。总之，大家口中的姐姐几乎无所不能。

但每当我想到，除了自己其他人都因姐姐离世而受到了伤害，我就感到无地自容，恨不得找个地洞钻进去。

“哟，刘愿，挺厉害的嘛。阿姨，小愿这水平以后当个画家绰绰有余啊！”

“谁说不是呢！但每次要给她报绘画辅导班，她都死活不同意。我能有什么办法啊！”妈妈一脸无奈地说。

“拜托！别再对别人说这些了好吗？很丢人的！”

申雅姐姐不满地白了我一眼：“我是别人吗？还有，这有什么可丢人的？你不知道过度的谦虚等于骄傲吗？”

“像我这种水平的人满大街都是，好吧……”

我感到羞愧难当，急忙将画卷起来，打算重新用皮筋捆上，但申雅姐姐却眼疾手快地一把抢了过去。

“你这死丫头，好好的画都要被你给卷坏了。这幅画就交给我保管好了，你没意见吧？”

我稀里糊涂地点了点头，并不介意将自己的画送给申雅姐姐。毕竟，跟她这些年来对我们家的默默付出相比，区区一幅画又算得了什么呢。

4

火灾的起因并非纵火、电线短路、煤气泄漏等，更不是出于姐姐的疏忽大意。据说，调查火灾起因的警察和消防员在发表调查结果时十分犹豫，甚至显得有些难以启齿，因为火灾是由住在十二层的爷爷扔掉的烟头引起的。那颗烟头不慎从十二层阳台掉落到十一层阳台，也就是我家，然后点燃了堆在一旁的报纸、奖状和书籍，这些书籍大多是姐姐的习题集和她上小学、初中时收集的杂志、小说。妈妈告诉我，她曾偷偷翻看过姐姐写的小说，挺有趣、挺深奥的。妈妈其实很希望姐姐能继续写下去，但因为害怕姐姐得知自己偷看的事情后就不再写了，所以她一直不曾跟姐姐提过。

我不禁下定决心：小说什么的，以后最好还是不写为妙。

言归正传，由于阳台的起火点离客厅很近，燃烧起来的火焰顷刻之间就扩散到整个客厅，旧沙发、地板、墙纸都被立刻点燃，客厅里弥漫着浓浓的烟雾。

那天，姐姐从幼儿园把我接回家之后，睡了个午觉。醒来后，她察觉到不对劲，就走出了自己的房间，然后发现客厅的火势已经大到人根本无法靠近玄关的程度。又由于客厅阳台和我房间的阳台只用一片薄薄的胶合板隔离，所以火焰也已蔓延至我房间的阳台。姐姐跑进浴室用水淋湿自己，又弄湿了被单，然后披着它通过我房间里的窗户跳进阳台。

这时，姐姐听到远处传来火灾警报声，想必是路过的小区居民看到房子里冒出烟雾报了警。姐姐将头探出窗外，看到楼下的小区居民们正担忧地仰头望着我们家。姐姐用力摇手中的毛巾，向楼下的人们求救，但下方的人望着她被浓烟包围的身影却爱莫能助。

不知何时，火势已然蔓延至离姐姐很近、很近的位置。

我时常会想：世上怎么会有如此不真实又如此倒霉的事情呢？然而这种事情就是存在的。始于一颗烟头的熊熊大火，在非常短的时间内顺着建筑物外墙一路蔓延至十四层。

这场火灾的火势之所以发展得如此迅速、失控，是因为建筑的外墙上包裹着易燃的保温层。据说，这种外墙建材多半由易燃的泡沫塑料构成，燃烧时还会释放出大量的有毒气体，单单我们小区里就有六栋楼用的是这种材料。这一场火灾，将开发商的豆腐渣工程和建筑物外墙设计变更问题再次抛到了公众视野的核心区。

嗯，据说是这样……因为过去对这场火灾的报道就是这么记载的，不过我不知道开发商们是如何度过这次危机的，也不知道他们事后有没有做出改变。我唯一可以确定的是，即使有了这场火灾的前车之鉴，真正搬离小区的人也不过寥寥几户；而且哪怕过了十几年，这些楼房也依然伫立在这里，未曾发生过任何改变。

银井洞二栋火灾事故最终造成十几人死亡。那天下午三点左右火灾发生时，十一层到十四层留在家里的居民们几乎都没能幸免于难。意外来得太过突然，等他们察觉时已经太迟了，除了被困在家中迎接死亡别无选择。

工作日的下午三点钟能留在家中的都是些什么人呢？大多是一些老人和刚放学回家的孩子。住在十二层的老爷爷是整起火灾事故的肇事者，也是最先逃离火灾现场的人，他最终因过失致人死亡罪被关进监狱一年多。据说是因为年纪太大，被提前释放了。

这起意外发生之后，包括我们家在内的死者家属们从未接受过来自肇事者的真心实意的道歉。尽管我们拿到一些经济补偿，但想要用它来将房子恢复到原样完全是杯水车薪。最终，我们一家人只能搬到一栋离原来小区几公里远的公寓里，房子也从原本的三室一厅变成如今的两室一厅。对我来说，唯一的“好处”就是能一个人睡大床了。在给姐姐料理后事期间，我刚好从六岁过渡到七岁，这个对万事懵懂又无知的岁数让我无法体会父母当时那种白发人送黑发人的心情。

但唯独一件事，我至今依然可以通过自己的双眼进行确认……

送走牧师和申雅姐姐后，爸爸和我默然地看着电视，上面正播放着专门介绍韩国风味小吃的节目。也许是累了，妈妈今天睡得比以往要早。无论是我还是爸爸都十分清楚，妈妈今天由于要控制自己的情绪，所以精神一直处于紧张状态。

这期节目介绍的是位于庆尚北道浦项的一家酱石蟹店。节目中的旁白介绍说，这是一家传了三代的“老店”，招牌菜品为酱蟹和鲜辣蟹，但我不是很理解那些做酱蟹、血肠汤饭、炖猪脚的风味小店，为什么一定要将店铺代代相传。莫非是因为子女们见到自己的父母起早摸黑、几十年如一日地细心处理螃蟹的过程后，心中也生出了想要成为像父母那样的人，或想要振兴饭店的决心吗？

眼前的电视画面中，一位天生带有“吃货”属性的笑星主播面对镜头按了按手中的螃蟹壳子，一团看着就能激起食欲的蟹黄和蟹肉被他从蟹壳中挤了出来。笑星主播大呼小叫地将它们放入口中，再配上一脸享受的夸张表情，让人恨不得马上取而代之。

“你看他吃得多香。我们下次有机会也去那里尝尝吧。”

这句话几乎成了爸爸看美食节目时的口头禅，但我从未见他付诸行动，再联系爸爸妈妈往日里拖沓到令人绝望的执行力，想必他口中所说的“下次”多半指的是“下辈子”。

爸爸告诉我，他经营饭店几十年，不止一次接到过美食节目制作人提出的想要到我们家饭店做节目的提议，但所有联系过他的制作人又都无一例外地曾向他索要过“好处费”。爸爸将看美食节目视为自己人生的唯一乐趣，看着这样的他，我不免生出一丝恻隐之心。不过，既然爸爸接受过那么多次美食节目的邀约，那岂不是意味着节目上播出的饭店水平也就跟我们家饭店的相差无几。既然如此，这种节目还有什么看头呢！

当脑子频频发出困倦的信号时，我的心却莫名地紧了起来。今天是不是过得太顺利了，一整天平稳到甚至有些单调。我像是被人追赶一样，急急忙忙地开始洗漱。此刻，我恨不得立马躺在床上，盖上柔软的被子，等待一天的结束。

“抱歉了，各位。今天的食材用尽，只能提前打烊了。谢谢各位的光顾！”

美食节目中，老板好言劝走依然在饭店门口排队等待的客人，然后放下卷帘门。

一天的销售额达到三百万韩元!

看着画面中浮现的硕大字幕，爸爸发出不知是在感慨还是在呻吟的一声叹息。

“我要去睡了。”

“嗯，晚安，宝贝儿。”

而正当我打开房门，想要进屋的那一刻，玄关的门铃声蓦然响了起来。

我通过室外监视器屏幕查看门外之人，爸爸则是明明猜到了来人的身份，依然出声询问道：“谁啊？”

“还能有谁！”我轻声说道。我磨蹭着不愿去开门，妈妈倒是最先从里屋走出来迎向玄关，爸爸这才越过妈妈抢先一步打开了房门。

为什么我会天真地认为叔叔今天不会来了呢？

"大哥，你来了。"

"抱歉。今天事情有点多，一直忙到现在才弄完，所以来得有点晚了。"

叔叔边说边向我递来一个黑色塑料袋，我顺手接过来，袋子沉甸甸的，一动就会发出玻璃瓶相互碰撞的声响，看来又是我们一家人平时连碰都不碰的维生素饮料。我们一家人向来不喜欢铺张浪费，所以它们应该很快就会被送给保安大叔、快递员或送货员。

尽管叔叔信誓旦旦地说忙到现在才过来，但从他身上散发出来的桑拿房的味道却无声地说明了一切。叔叔的头发还没干透，身上的西服似乎也是刚刚从干洗店取回来的，带着一股干洗店特有的潮味。

当叔叔一瘸一拐地走进我们家时，我仿佛感觉到家里的地面朝他倾斜了几度。心中不禁有些感慨，叔叔总是能如此轻易地拿捏住我们一家人。

"吃了吗？"

"吃了，吃了。弟妹，你不用张罗了。"

不过妈妈显然会错了意，她不顾叔叔的劝阻，扭身走进厨房开始忙碌起来。我原本也打算进去帮忙，但因为被叔叔叫住，只能乖乖地陪在一旁。

“大哥，我们多久没见了？你的身体还好吧？”

“这还用说吗！我不喝酒、不抽烟，没事就去爬爬山什么的。除了腿脚不利索，其他地方利索得很。”

“我就说，你的脸色怎么这么好。”

爸爸从沙发上取下两张坐垫，一张塞到叔叔的屁股底下，一张放到叔叔身前。叔叔也顺势抬起右腿放到身前的坐垫上。叔叔也是，好好的沙发不坐，非要坐在地板上。搞得每次他过来，我们都得坐在地上陪他聊天。

“最近太忙了。摊子铺得太大，需要操心的事情也变多了。话说现在的孩子长得也太快了吧！你看小愿现在都长成大姑娘了。小愿，你的学习成绩还好吧？”

“嗯，还好。”

我下意识地握住叔叔伸出来的手，然后很成功地笑着回答了他的提问。由于叔叔的到访，家里变得喧闹起来。自从妈妈进了厨房之后，从里面传出的锅碗瓢盆的碰撞声就没停下来过。我原本以为妈妈只是要准备一些水果和糕点，没想到她其实是在做饭，因为一股炖牛骨汤的香味飘散到了屋子里。

我们始终都对叔叔的到访十分热情，既没有在他按门铃时婉言谢绝他的拜访，也没有因为时间已经到了深夜而面露不悦。对于这样的自己，我也感到十分惊讶。另外，我也很好奇叔叔为什么每到姐姐的忌日就会来我们家，难道是为了悼念姐姐？可他和姐姐也不熟啊。

然而叔叔在话里话外都透露出对姐姐的熟稔，仿佛他是姐姐生前的至交好友一般，又好像是姐姐临终时交流过的唯一对象……

不过这种比喻也不无道理，所以我们一家人只能在一旁静静地陪着他。

5

看得出叔叔所说的“吃过了”完全是客套话，他就像家里的长辈一样，十分坦然地接受了妈妈为他准备的饭菜。不过“客套”这个词跟叔叔这种人一点儿都不沾边。而当他放下我的手，拿起勺子的那一刻，我的心中莫名生出一股如释重负的感觉。

叔叔喝牛骨汤喝得很快，端起汤碗就咕嘟咕嘟地往嘴里灌，像是饿了三四天的人一样。我很有眼色地又给他盛了一碗米饭，米饭被他倒进牛骨汤中，转眼就被“消灭”干净。望着叔叔那宛如饿死鬼投胎一般的样子，我们一家人尽可能摆出镇定的神色。时间渐渐逼近午夜，今晚的气温正如天气预报预测的那样低，透过阳台窗户缝隙渗进屋里的风，吹在身上让人阵阵发冷，直起鸡皮疙瘩。叔叔吃饱喝足后，开始向我们讲述自己的近况。

电影里的对白可能都没有叔叔说得这么夸张。虽然只是在聊一些家常，但从叔叔嘴里蹦出来的话，总让我不由自主地联想到影片中诈骗犯行骗的桥段。尽管我并没有遭遇过诈骗，但若是真有人对我行骗，想必多半也是用叔叔的这种腔调。简单来说，就是一种说了半天也没有说到点子上的感觉。

我忽然发现，和叔叔相比，爸爸虽然性格有点优柔寡断，但其实是一个十分可靠的人。记得我以前看到吃不饱饭的孩子，就会庆幸自己出生在一个衣食无忧的家庭里。如今，在拿爸爸和叔叔做对比之后，我的心中居然再次生出那种庆幸的感觉。而现在，善良、可靠的爸爸明知叔叔接下来要说的话是什么，依然装出不知情的样子。叔叔每次到我们家来，都会向我们讲述自己的梦想和未来的打算。

今天，他和往常一样向我们透露自己打算创业的事情，还说尽管自己两手空空，但合伙人是一个值得信任的人，不仅是“富二代”，还毕业于名牌大学。而这个“富二代”在遇到叔叔之后，毅然辞去原有的工作，打算跟他携手闯出一番事业。

每次都是一样的剧情和套路。不过无论听过多少次，我都弄不清他具体要做什么。唯一能记住的就是股票、基金、投资、未来价值等词语，而且他尤其喜欢用“未来可期”这个词。总之，他抱以期待的尽是些看不到、摸不着的东西。

唯一让我觉得真实的是，即使在吃饭，叔叔的一只手也会习惯性地揉自己的右腿。

“刘愿，你在学校有没有认真学习啊？你当初可是说过，要成为医生治好叔叔的腿的。对了，你还说过要赚大钱给叔叔买房、买车呢。”

不得不说，叔叔的记忆力实在是太好了，好得让我感到为难。

“我会认真学习的。”

“大哥，现在的孩子每天放学后还得上辅导班呢。你也知道我和刘愿她妈都没有学习天赋，可刘愿也不知道随了谁，成绩一直在班里名列前茅。”

“是吗？那还真是了不起。看来小愿以后有望考上首尔大学啊！”

“首尔大学算什么，她就算考上哈佛大学，我也一点儿都不意外。”

我发现每次叔叔来拜访我们家时，爸爸的智商都会直线下降。不然他为什么会听着那些一点儿都不好笑的笑话哈哈大笑，又为什么要对叔叔那些不切实际的创业计划拍案叫绝呢？

看着爸爸那曲意逢迎的样子，我甚至都不想跟他对视。因为实在是太丢人了。

这时，妈妈抬头看了看客厅墙上的钟表，叫我赶紧去睡觉。事实上，早在五分钟之前，我就已经装作发困的样子频频揉眼、打哈欠，寻找离开的机会。妈妈的话音刚落，我就急忙起身和大家说晚安，然后迫不及待地钻进了自己的房间。

躺在床上，我将被子盖到头顶，但从客厅传来的说话声依然令我神经紧张。我的心一直悬着，生怕叔叔又向我的父母借钱；而且哪怕是在借钱，他也始终是那么理直气壮。他真的是因为有信心还钱才这样的吗？不，在我看来他之所以这么理直气壮，是因为他知道哪怕自己还不上这笔钱，也不用感到内疚。最让我害怕的是，爸爸妈妈说不定又要因为拿不出钱而在叔叔面前唯唯诺诺、低声下气。直到后半夜，我都能听到他们商量着，怎么在只刷信用卡、不动定期存款的情况下弄到钱。

说实话，按我现在的成绩是不可能考上医科大学的。在填报高考志愿这件事上，我比绝大部分孩子都想得深远。拿到填报志愿指南时，我最想要选的是社会福利专业和康复治疗专业，因为报考这些专业就有机会帮到叔叔。但如果不选它们呢？我是不是就对不起叔叔了？可以预见，假如我日后成为一名中小企业的员工或小商人，叔叔肯定又会跑来打趣我，而我多半做不到充耳不闻，于是在接下来的日子里，我很可能要独自黯然神伤。

“小愿，你不是答应过我吗？”

叔叔的话突然徘徊在我的耳边，他“剥削”我们一家人的手法可谓十分高明，语气中的那种诚恳和哀怨，总是令我无法轻易忽视他的“心意”。而他的执着和韧性，又会让我不由得联想到某部影片中那种令人毛骨悚然的母爱。说不定叔叔在用自己的身体接住被扔出火场的我之后，真的对我产生了类似于这种母爱的情感。

我时常猜测叔叔经常向我家讨要钱财的意图。他的种种行为怎么看都像是在故意折磨我，要么就是在一点点地向我实施报复。

我不知道自己为什么会对有关叔叔的事如此敏感，为什么总是喜欢分析他的言行举止，更不知道为什么要对自己本该感激的对象报以怨恨。

我正望着黑暗发呆，突然从客厅传出来的笑声将我惊得浑身战栗了一下。那是我父母的笑声，他们的笑声里不含一点儿笑意。听着这种虚伪的笑声，我的身心都仿佛被扯得支离破碎。

火灾事件过后，媒体铺天盖地的报道无不歌颂着两位市民的义举。其中一人是克服恐惧、机智地解救妹妹后，崇高地迎接死亡的十七岁少女；另外一人则是身体力行“爱护邻居胜过爱护自己”精神的四十多岁普通人。

那一天，姐姐冒着生命危险，用弄湿的被子将我裹住后扔下了楼。而刚好经过楼下的叔叔，则是用身体接住了从十一层掉落下来的某个弱小的生命，并被当场砸成脑震荡晕了过去。此外，叔叔全身都受到了不同程度的挫伤和擦伤。最严重的是他的右臂和右腿骨，一个骨折，一个粉碎性骨折。

经过这场意外，作为货车司机的叔叔不仅失去了工作，还不得不接受为期一年的康复治疗。在叔叔接受治疗期间，很多媒体争相采访他，同时也有很多人向他进行了捐助。然而，叔叔的腿终究没能恢复如初。

我真的要为叔叔而活吗？显然不能！

第二章 应有的负罪感

1

距离“秘密基地”很近的地方突然传来脚步声，尽管没有必要，我还是蜷缩起身子躲进桌椅间。

会是谁呢？我从已经近在咫尺的脚步声里，听不出一点儿谨慎、犹疑的意思。我的四周整齐地堆满了桌椅，所以我此时看不到对方的容貌，而对方显然也不知道我的存在。

别过来！千万别来这里！我在心中拼命地呐喊，但显然没什么用，脚步声已经来到了我身边。我偶尔碰见过一些校园情侣或想说私密话题的人在五楼楼道里出没，但还是头一次见到有人穿过课桌堆走到里面来。

很突然地，我和一个穿着宽大运动服的陌生女孩对视了。虽然我们表面上不动声色，但明显都被对方吓了一跳。在一番尴尬的眼神交流之后，我们都默契地转过了头。尽管我很好奇对方为什么会来到这里，但这并不能成为让我先开口搭话的理由。

唉，原本以为天台入口是学校最隐秘的角落，看来我要重新找一个“秘密基地”了。一想到这点，我的心开始莫名地烦躁起来。

我一边好奇侵犯我“安乐窝”的人在干什么，一边努力装作认真背单词的样子。“入侵者”停下脚步，似乎犹豫着要不要返回，但她最终还是留了下来，并且从兜里掏出了一个东西。

我用余光看到她从一串钥匙里找出其中一把，熟练地打开了挂在天台大门上的锁头。

“咦？”

我还是忍不住发出了傻傻的惊叫声。对方扭头看向我这边，表情淡然。

“你要不要进来看看？”

我抬起屁股迟疑了片刻，最后还是跟着这个穿着运动服的女孩子走了进去。

“钥匙从哪儿来的？”

“是万能钥匙。”

“那万能钥匙是从哪儿来的？”

闻言，她立时露出不耐烦的神色看向我。

“放心吧，不是偷来的。就算被人发现了，也跟你没关系。”

“这里可以私自打开吗？”

“你说呢？”

我也发现自己问了个愚蠢的问题，对方或许认为我在装傻，但我绝对没有这种意图。

学校现在的在校生有一千两百人，而在十年前，这个数字是两千，我记得这是校长告诉我们的。不过我为什么会突然想起这件事情呢？可能是现在的我突然有点好奇，一千两百名在校生当中有几个人上过学校的天台。

“你经常来这里吗？”

“也就偶尔吧。”

“那我怎么没见过你？”

“应该是走岔了吧。你上次是不是吃过奶油面包？我在下面见过包装袋。”“运动服”说这话时显得很得意，仿佛逮到了侵犯自己领地的坏人。

“你是三班的吧？”

我有些诧异，对方竟然认识我，但转念一想，同为二年级学生，知道我的存在也不是什么稀奇的事情。

“我以前和金世真是一个班的，所以知道你。她现在是你的同桌吧？我去你们班借课本的时候见过你几次。”

金世真确实是我的同桌，一个天生带有各种光环的女生。比如，她从小学开始一直都是学生会的干部，等升到高年级可以不经过投票就自动成为学生会会长，并会成为无可争议的下一届学生会会长，等等。

不过“运动服”并不清楚，仅仅因为“曾经和金世真是同班同学”就已经让我对她有了成见。金世真可是一名真正意义上的模范生，举个简单的例子，她每天第一个把自己真正使用的手机放入保管袋。

升入二年级之后，我经常和金世真她们一群人一起吃饭。虽然一起吃饭并不意味着彼此会交心，但不可否认金世真自始至终都对我十分友善。至少我看不出她这么做是发自内心的还是被其他人授意的。当然，这也和她的性格有很大的关系。因为她做事向来滴水不漏，哪怕心中再感到不悦，也不会轻易表露出来。

“刘……愿？”

“运动服”弯腰瞧了瞧我绣在胸前的名牌，再翻过自己的运动服袖子，对着我露出缝在里面的名牌。上面绣着“申秀贤”三个字。别人都是花一千韩元用金线缝制名牌，但她运动服上的名字显然是自己用普通线缝上去的。

“为什么穿运动服？你们下一节是体育课？”

“不是，只是穿着校服太难受了。”

那你好歹把上下身衣服的颜色统一一下啊！我感到一阵无语。她上身穿着蓝色的冬季运动服，下身穿着红色的夏季运动服，看着就像翻过来的太极旗①。我再次打量申秀贤的面孔，心中越发肯定自己之前并不认识这个家伙。不过不知道是不是因为她的眉毛太过整齐、浓黑，总之申秀贤给人一种端正、可靠的感觉。在她慢悠悠地走到天台边上之前，我们没有做任何交流。

“你上天台干什么？”

“不干什么，就这么待着呗。”

或许是觉得自己的回答太过敷衍，申秀贤解释说学校里人太多，环境太嘈杂，搞笑的事情也很多，而自己每次笑累了都会悄悄离开，一个人来到这里。她还表示自己经常干这种事情，不过其他朋友如果知道自己一个人搞“秘密基地”会很伤心，所以叮嘱我一定要对金世真保密。

---

① 韩国国旗通称为太极旗。

她这是在炫耀自己有很强的人脉关系吗？好在她只当我是金世真的同桌而非其他，所以我对她的观感还是不错的。要知道在这个巴掌大的地方，就算发生的是鸡毛蒜皮的小事，隔天也会被传得沸沸扬扬。就好比一位曾在高考前试图自杀的学长，他的事迹哪怕过了近二十年，仍有人不时地提起。在这样的情况下，多次被搬上九点新闻的火灾事件很难不被人记住。她也应该在网上搜索过我的名字吧？想到这里，我不由得看向申秀贤，她正靠在天台栏杆上出神地望着下方操场。也许是想多了，但我还是走到她的身边，以防她做出什么事情来。

天台的栏杆很高，所以我们都得踮起脚、伸长脖子才能看得到下方，谁让我们两个人的个子都不高呢。不过只是看了一小会儿，我就感到了些许头晕和不适，感觉刚刚吃下去的奶油面包和牛奶开始在胃里翻腾，随时都有可能冲上来。

其实，这里才不过五层楼的高度。但不知从什么时候开始，我只要爬上地势稍高的地方，就感觉自己好像成了一个实验物体，实验的主题则是自由落体运动。总之，我会不由自主地想起小时候在科学频道看到过的实验。具体的实验内容是从三十米高空抛下三百克重的铁球和一公斤重的铁球，然后测试哪一个会先落地，同时探索其中的原理。而我会把实验中的铁球置换成六岁时十五公斤重的自己，再不断地分析自己从三十米的高空坠落时所感受到的空气阻力及坠落到地上时的冲击力等数据。

和往常一样，下方的操场上正进行着八对八的足球比赛。为了多踢一会儿足球，这些男孩子往往能在不到十分钟的时间里解决掉午饭，然后不等食物消化完就进行剧烈的运动，但身体却不会出现任何异常，让人直呼不可思议。

“跑得真卖力啊。”

“是啊。”

天台是什么时候被锁起来的呢？在天台上偷偷抽烟、拉帮结派打群架等俗气的桥段我似乎只在电影中看到过，而自我上学以来，学校的天台就一直是封闭着的。下方的球赛从头到尾都处在一面倒的局面里。短短五分钟，右方的球门就已经被对方接连攻破三次，进球之人的咆哮声在天台上都清晰可闻。

“好神奇啊。”秀贤微微笑着说。

“什么东西神奇？”

“都很神奇啊，而且挺搞笑的。”

我不知道有什么搞笑的。是男孩子们穿着室内鞋[①]，在有积

---

① 韩国学生在进入教学楼时要脱掉在室外穿的鞋，换上只在室内穿的鞋。

水的操场上踢球的场景搞笑？还是她刚好逮到经常在天台入口处留下面包包装袋的“入侵者”的事情搞笑？我离开栏杆，走到位于天台中央的小仓库门前。四四方方的组装式仓库是封闭式的，四面都没有开窗，因此完全看不出它有什么用。不过值得一提的是，组装式仓库的大门上也上着一把锁。

“申秀贤。”

听到我的叫声，秀贤扭头看向我。

“你不是有万能钥匙吗？能不能打开这里看看？”

万能钥匙插进生锈的锁头里发出一阵刺耳的摩擦声，好在时间不长。秀贤握着门把手，看着我问道：“非得打开吗？”

“你看过吧？你知道里面有什么，对吗？”

“没错。”

不过她说这话时的表情异常庄重，看着反而像是在捉弄我，就好比我们在吓人之前会先酝酿一番一样。

“不看也知道……应该就是清扫工具之类的东西吧？”

随着大门开启，地面上的灰尘被风卷起，呛得我们发出一阵咳嗽。

“这些都是什么东西？”

走进仓库后，我发现里面的壁柜上整齐地堆着各种各样的物品。比如，其中一个柜子上摆着各种品牌的运动鞋和室内鞋，它的旁边则堆着旧款的运动服和校服，以及一些不知名的漫画书、旧版教科书、习题集、漏了气的足球和排球、羽毛球拍、雨伞，还有似乎在圣诞节和教师节时曾用来装扮过教室的亮片装饰品。

可以看得出，这些都是老师没收上来或学生们毕业时遗留下来的物品。

“真不知道为什么还要留着这些东西，又不会有人领回去，直接扔掉多好，怪占地方的。”

“估计没人知道这些东西在这里，包括老师在内。保管这些运动鞋的人起初肯定以为会有人过来领走，结果一直没有人来认领，以至于最后连保管它们的人都忘了扔掉它们。”

我一眼就看出衣服堆里的校服是十几年前的款式。我们如今穿的校服不仅好看，穿着还很舒服，所以大部分学生都很喜欢。旧款的校服不仅面料薄，还不透气，穿在身上冬天冷、夏天热，简直就是活受罪。重要的是，旧款校服裙是没有褶皱的筒裙，所以不仅走路时让人迈不开步子，爬楼梯时也让人无法一次性跨过两级台阶。

这些我曾听申雅姐姐向我抱怨过，所以印象十分深刻。

记得小时候跟妈妈一起走在街上时，看到这所高中的学生们放学回家，我都会偷偷打量妈妈的表情。因为穿着校服的学生们，一眼看过去很难辨认出谁是谁。这一点实在太气人了。

“遇到下雨天，我也不用担心会淋雨，因为我可以从这里拿雨伞。假如以后你有需要，也可以跟我说。”

我不禁感到好笑。从走上天台时起，秀贤一直都有意无意地强调着自己对这里的“主权”。

就在此时，预示着午饭时间结束的课前五分钟铃声响起。秀贤催促我离开天台，锁好门后她又认真确认了一遍是不是真的锁上了。我全程都站在她的身后，静静地望着这一幕。

“你常来这里吗？”秀贤一边抛着钥匙，一边向我问道。我听着叮叮当当的声响，莫名地烦躁起来。

“常来，因为不喜欢吃学校食堂的饭。”

秀贤若有所思地点了点头。我其实很想问她能不能也给我配一把钥匙，但总感觉有点强人所难，所以我忍着没说出来。毕竟是第一次见面，而且我们以后还会再见，因为我们的“秘密基地”是挨着的。

2

我看向金世真。仅仅只是看了她一眼，她便猜出我要向她借笔。她打开文具盒，拿出自动铅笔递给了我，至于橡皮则是附带的。

每当我比别人慢一步掏出教科书，又或者其他同学都去参加室外课，而我仍慢一拍地坐在座位上时，我的同桌都会不厌其烦地提醒我：

“刘愿，这节是英文课哟！”

“刘愿，要上韩国史了！快拿出教科书。”

“刘愿，快换上运动服。”

我当然知道了，我又不是聋了或瞎了。不过我依然小声地向她道谢，然后乖乖地拿出教科书或者换上运动服。

“今天要讲第二十页。”

我知道啊，难道我看起来很蠢吗？我很想顶她一句，但最终还是忍住了，低声说了声“谢谢”。只要我好好地回应她的话，她就会不辞辛劳地帮我代领酸奶、香蕉等课间零食，甚至帮我整理因发呆而漏听的考试范围。

其实，从很早以前开始，我就知道很多同学都对我抱有这种怜悯。上小学和初中的时候，我比现在无知和无畏，动不动就会因为自己讨厌被怜悯而和他们翻脸。现在我好歹会回应一下同学们的关心，如果放到以前，哪怕有人叫我的名字，我也不会搭理他们，而理由只是单纯地嫌麻烦。起初，同学们也会试图了解我，想着“她怎么这样”“她这是在瞧不起我吗”“她今天是不是心情不好”，但最终他们都将自己归为“被刘愿瞧不起的人”，然后有了合理的理由来讨厌我。

但即便是这样，我也从未被他们辱骂过或欺凌过。当时的我并不知道自己有多幸运，原来同学们在讨厌我的同时，还自行为我的怪脾气想出了一套说辞——遭遇不幸事件的后遗症。不过如此幸运的概率是极低的，等我上了高中，看到那些只因“用令人不爽的眼神瞅了别人一眼”就遭遇欺凌和排挤的同学后，更加深刻地意识到了这一点。不过话又说回来，所谓的“令人不爽的眼神”究竟是指什么样的眼神呢？

如果我一直都是这样“生人勿近”的样子也还好，但我其实在上小学时有几个相处得还算融洽的同学，直到上了初中后我才变得形单影只，这让爸爸妈妈对我的情况十分担忧。虽然他们不会直接问我这是什么原因，但妈妈会在我生日时问“刘愿，你过生日时会叫几个同学过来啊”，我明显地察觉到妈妈其实是在问我“不会一个同学都请不来吧”。其实妈妈的担忧是多余的，我十分肯定只要自己开口邀请，哪怕是跟我关系一般的同学也会抽空来给我庆祝生日的，但我真的很讨厌这样做。小学四年级过生日那天，来家里为我庆生的同学们在高唱《生日快乐歌》和《你是为爱而生的人》时，不约而同地用怜惜的眼光望着我，自那之后，我就发誓以后只和家人们一起过生日。

“金世真。”

我轻声叫了一下自己的同桌。世真停下手中正在记的笔记，瞪大眼睛看向我，并且用口型询问是什么事情。

“你跟申秀贤关系很好？”

“嗯，我去年跟她一个班。”世真轮番看着我和物理教科书，低声回答说。

“你跟申秀贤是上同一个辅导班吗？”

“不是，秀贤她不上辅导班。”

世真的声音变得越来越低。尽管感到很为难，但她还是不厌其烦地回答了我的提问。

“你能不能把她的手机号给我一下？”

我明显感受到物理老师频频向我们看过来的眼神。世真慌张地在课本的页脚处写下一句话，再偷偷地递到我这边。

我等会儿帮你问问！

“都给我认真听讲！”物理老师望着我们的方向提醒道。

世真立即挺直腰杆，表示自己一直在认真听讲。我看着世真的样子，忍不住有些想笑。

我在世真刚刚写的字下面回复了一句：

算了，还是我自己问她吧。

世真像做贼似的偷偷瞅了我一眼，又在下方回复：

嗯！听说今天讲的内容以后要考的。

我知道她这是让我闭嘴并且好好听讲。

3

也不知申秀贤今天会不会来？

我一边吃着三角紫菜包饭一边想着。虽然之前在“秘密基地”过得潇洒日子也挺不错，而且只跟着她上过一次天台，但一想到自己不能再上去，我的心里就怪痒痒的，就像有虫子在爬一样。

我在天台大门前吃了整整一个星期的面包，也没能再遇到申秀贤，这让我感到十分意外。

approach

接近；接洽

我试着继续背单词。

姐姐，周末一起去看电影吗?

我原本打算给申雅姐姐发短信，但想了想又放弃了。自从她怀孕之后，我跟她的见面也变得慎重起来。其实她结婚之后，我们也经常聚会。哪怕是不久前，我也认为自己和申雅姐姐是无话不说的好知己，即使我们之间的年龄相差十多岁，毕竟我比同龄的孩子要早熟很多。

我们都知道维系我们之间关系的是姐姐，尽管她已经不在了。

时隔很久，我再次访问申雅姐姐的博客。这个博客已经注册十几年了，她时常在上面更新一些和自己生活有关的内容，比如自己喜欢的歌手和歌曲、看过的电视剧内容及最近的育儿日记、衣服和婴儿用品团购信息等。

和我预料的一样，昨天她又上传了新的内容。

今天参加了睿婷去世第十二个年头的追悼礼拜。

这是一篇日记形式的博文，大致内容是责备自己因繁忙的日常而忘记故友，直到再次与故友的家人们相聚，相互倾诉对故友的思念，才幡然醒悟自己失去的是一段多么美好的友谊。

每次看到小愿，我的心都百感交集。

申雅姐姐还在博文下方上传了我的画。

小愿应该没有见过睿婷画的画，但她们两个人画的画给人的感觉出奇地相似。睿婷喜欢在课本或日记本上涂鸦，我很喜欢那些零碎的画。

另外，小愿的声音也时常让我吓一跳。每当小愿抱着我说“想死我了”的时候，我总感觉抱着自己的是睿婷。

我忍住想要流泪的冲动，关上了浏览器。我很害怕自己会变得讨厌姐姐或申雅姐姐，我告诉自己以后不能再看申雅姐姐的博客了。

剩下的时间，我是靠练英语听力度过的，因为我想等午休时间结束后再返回教室。

那天过后，我在楼道里见到过好几次申秀贤的背影。我们两个人的班级挨得比较近，所以我们以前肯定打过不止一次的照面，但神奇的是在那天见到她之前，我的脑海中根本没有关于她的记忆。既然她曾到我们班向世真借课本，那我即便没和她说过话，至少也能记住她的名字才对。而知道了申秀贤的存在之后，我每天至少能见到她两三次。我有点好奇，她是一个什么样的人。

她是五班的学生，五班在学校里可谓是声名远播。由于模拟考试的平均成绩最高，学生们团结、课余时间活跃，所以这个班深受老师们的喜爱。尽管和秀贤相处的时间不长，只有十五分钟左右，但我已经隐隐将她视为自己的"同类"。当然，这也有可能是我的错觉。

今天，我又在楼道里见到穿着一身松垮运动服的秀贤。她似乎刚吃完饭，正挽着同班同学的手臂，嘻嘻哈哈地往教室里面走。我在五班门口徘徊了一阵，终于下定决心拦住一个正打算回教室的五班同学："能帮我叫一下申秀贤吗？"

对方上下打量了我一番，一边走进教室，一边大喊道："秀贤，有人找！"

秀贤看到是我显得十分诧异。

"有事？"

我也不和她废话，开门见山道："借我天台钥匙。"

“嘘！说那么大声干什么！”秀贤急忙将我推到墙角。

“你小声点，别人都不知道呢。”

“钥匙能不能卖给我？”

秀贤闻言哧地笑了一声。

“我看你也很少去天台，我比你更需要它。”

“谁说的？我也很需要好吧！”

秀贤思索了片刻，问道：“你放学后去辅导班吗？”

下周就是期中考试，所以我今天得去听特讲。

“不去。”

“那你放学后等我，跟我一起去一个地方。”

“去哪里？”

“到时候就知道了。”

说罢，秀贤连招呼都不打，转身回到教室。

“喂，她不是那个谁吗？”

看来对于我的突然出现，很多人都感到好奇。通过这几天的了解，我已经得知秀贤是班里的副班长兼志愿活动社团的部长。莫非是因为学综[①]吗？另外，刚才那人口中的“那个谁”

---

① 学综在这里指大学根据档案综合成绩，而不是考试成绩选择生源。——译者注

应该就是指“从十一层掉下来后依然活着的那个谁”吧？我开始怀疑自己这么找过来是不是有点草率了。秀贤又会和同学们怎么解释自己与“那个谁”的关系呢？

4

值日的同学们已经打扫完教室离开，教室里只剩我和一个睡了一整天，到现在也没有醒来迹象的同学。然而等了好一会儿，我等的人也没有出现。这个时间点，五班应该早就下课了，可秀贤并没有来找我。不会是忘了和我的约定吧？

每次下课，我都会飞快地逃离教室，所以从未想到放学后的教室会如此安静。我也头一次知道，除了中午时间之外一直趴在课桌上睡觉的李向仁居然能睡这么久，而且下课了也没有人叫醒他。难道他一直都这么能睡吗？难道他就没有什么朋友吗？他不会是生病了吧？不然怎么可能睡这么久。我开始胡思乱想起来。我害怕吵醒李向仁，轻手轻脚地走到教室最后面，无聊地看起了黑板报。我感觉自己此时就像是参加公开课堂时，寻找自己子女身影的学生父母。

三班的光荣获奖经历

尴尬的是上面光秃秃的什么都没有。写作大赛、辩论赛、写生比赛、英语比赛、绘画比赛……校内比赛多如牛毛，但我们班居然没有一个人得过奖。只有写生比赛一栏里写着一行小字——铜奖刘愿。不过现在毕竟只是刚开学，所以我也没觉得有什么奇怪的。

疲软无力的阳光透过褪色的窗帘照射进来，夹杂着淡淡的灰尘味、轻微的汗味……

等待秀贤的时间越长，我心中的紧张感就越发缓和。直到心境平静如水，我才猛然发现自己之前似乎一直都很紧张。而就在此时，教室门嘭的一声被人推开。

“抱歉。之前忘了和你的约定，一直跟朋友走到校门口才想起来。”

秀贤的脸通红，看起来像是一口气跑回教室的。她喘着粗气，口中不断道歉：“真是抱歉，让你等了这么久。我这个人平时就很健忘。”

我有点享受秀贤对我的愧疚。

“作为赔罪，我带你去一个好地方。”

我装出大度的样子朝她点了点头。

“哎呀！这是谁啊？”

“李向仁。”

秀贤一脸好奇地走向枕着运动服呼呼大睡的李向仁。从某方面来说，运动服的用途还挺广泛的。

“我不是在问他的名字！他这是怎么了？”

“他一直都这样。”

“那也得叫醒啊，怎么就没人管呢？话说你们班同学真是没有人情味。”

秀贤径直走过去推了推李向仁的肩膀。

李向仁不满地朝虚空挥了挥手。

“看吧，他说别理他。”

秀贤似乎有些不放心，盯着李向仁看了许久，半晌才缓缓地转过身子。这期间，我一言不发地望着秀贤。

“好吧，那走吧。”

我没有问她要去哪里。庆幸的是跟秀贤走在一起并没有想象中那么尴尬，而且秀贤的心情似乎也很不错。我们就这么一路走到了学校附近的一个小区里。

“你住这里？”

“没有啊，我家离这里坐车都得有四站地呢。”

秀贤的个子跟我差不多高，但她的步子迈得很大，所以跟着她走让我有些气喘。

“为什么来这里？”

“新盖的楼房不按密码是进不来的。”

看得出这里的楼房墙皮在刷漆之前颇为陈旧。从教室里打开窗户，一眼就能看到这里。记得不是在英语课就是在数学课上，同学们望着吊在绳索上给楼房外墙上漆的工人叔叔们曾讨论过“他们工资高不高”“掉下去会不会死啊”之类的问题。

由于监控较多，我们为了躲开保安叔叔的眼睛，先乘坐电梯到二十层，再从安全通道一路爬上二十一层、二十二层、二十三层、二十四层，最终抵达天台。秀贤十分娴熟地掏出钥匙打开通往天台的铁门。也许是看出了我的担忧，秀贤安慰我说自己来过好多次都没有被人逮到过。

走上天台，混合着橘黄色和粉红色的晚霞展现在我们面前。一阵阵强风吹过来，夹杂着尘土，让我不由得眯起了眼睛。刚刚在下面的时候还没有感觉，到了上面才发现这里的风力不是一般的大，就连天上云彩的移动轨迹也清晰可见。我们就这么一动不动地站在风中欣赏起晚霞来。

“天台为什么都要上锁呢？我一直住在高层住宅，但从未上过自家楼房的天台。”

“会不会是因为害怕有人自杀导致房价下跌？”

秀贤的猜测虽然听着很有道理，但总觉得太过片面，没什么说服力，所以我并没有做出回应。

不过我也趁机提出了一直压在自己心底的疑问：

“你的万能钥匙是从哪里得来的？”

秀贤告诉我，高一时和她关系最好的朋友的爸爸是一名修锁匠。她过生日时朋友送给她一把万能钥匙作为生日礼物。我心想，那位朋友可真是个机灵鬼，毕竟对她来说，弄一把万能钥匙只是顺手的事情，但对别人来说却意义非凡。

“是吗？那你们现在的关系怎么样？”

“还好吧，不过她被分进六班之后，我们见面的次数就没那么多了。”

“有点神奇啊！一把钥匙既能打开学校天台大门、储物柜的锁，又能打开高层楼房的天台大门。”

“嗯。不过你说得再好听，我也不能给你这把钥匙。因为她爸爸现在不修锁，改通下水道了。据说，现在的工作更吃香。”

“也是，我们家每年至少要通两次马桶。”

“其实，不难理解。一个连小偷都不光顾的地方，修锁的生意能好就怪了。我们这一片太平静了，养不起太多修锁匠。”

“你说这里太平静？”

秀贤闻言似乎有些捉摸不定，思考了片刻，补充说：“稍微？”

我不由得开始思考什么是“平静”的标准。

飘浮在天台之上的晚霞很美丽。绚丽的红色，以及看不到边际的壮阔，令人神往不已。假如一个心灵受伤的人见到这一幕，想必内心能感受到一点儿慰藉吧。不，也有可能会让他产生死而无憾的念头，从而选择轻生。想到此处，我不禁被自己可怕的想法吓得冒了一身冷汗。

“等等。”

秀贤突然捂住我的嘴，拉着我蹲到地上。我觉得若是她再用力一点儿，说不定我的脑袋就要撞在地面上了。经过防水处理的绿色地面光可鉴人，仿佛在印证着少有人光顾的情景。然而当我转过头，正要发脾气的时候，咯噔一声，天台的门被人推开了。匆忙中，我看到对方似乎穿着保安的制服。居然是保安大叔！我们尽可能地俯下身子，藏在砖堆的后面。透过砖头缝隙，我看到保安大叔一脸疑惑地打量了一下四周，便马上转身关门离开了。他显然没有发现我们。

“嗯？”

当我们不知所措时，大门处传来了轻微的咔咔声。保安大叔这是在锁门？

“啊！不会吧，不会吧！喂，这下该怎么办？”

看到我无力地瘫坐到地上，秀贤不信邪地跑到大门处，扭了扭门把手。

“真给锁上了！喂，喂，大叔！你还在吗？上面还有人呢！”

可惜大叔早就跑得不见踪影，秀贤心灰意冷地望向我。那个大叔怎么这么不称职啊？难道就不能仔细确认一下天台上面有没有人吗？真是不靠谱！

“我们这是被锁在里面了？”

“你自己不会看啊！我还是第一次遇到这么倒霉的事情！”

看来从外面锁上的门，从天台内部是打不开了，哪怕是有万能钥匙也一样。然而在这节骨眼儿上，我突然感到肚子饿。五分钟前还没有感觉，但一想到自己被关在天台上，我的肚子就开始“造反”了。

“喂，我肚子好饿。”

“这都什么时候了，你还惦记着肚子饿？”

秀贤的脸上闪过一丝慌张的神色，但马上又恢复到那副没心没肺的样子。见秀贤摇头晃脑地傻笑，我也忍不住笑出声来。

我学着秀贤将脑袋探出天台看向下方，但马上被惊悚的高度吓得双腿发软。

“我记得这楼是二十四层吧？那这里有五十米高吗？”

“应该差不多。”

我打开书包，掏出了眼镜。由于担心压塌鼻梁，我平时很少戴眼镜，但此时不戴眼镜，我根本看不清下方的景色。

这时，我突然心血来潮一般，打开了书包的前兜。果不其然，里面躺着两根士力架[①]。记得它们好像是我那事无巨细的妈妈担心我低血糖而放进书包里的，只不过事与愿违，我的学习刻苦程度始终没能达到引发低血糖的程度，所以它们一直安然无恙地待在书包里。我戴上眼镜，顺手将一根士力架递给秀贤。

“哇！”

我又朝下面看了看，但感觉除了看到的东西更加清晰一点儿之外，和之前没什么不同。如果硬要说有，那就是所有的东西都变得更加渺小。小区里不断有行人和车辆进进出出，显得

---

① 士力架是玛氏食品公司出品的巧克力产品，属于热量型巧克力品牌。

十分热闹。所有的事物都是这么和谐，但我的心中为何久久无法平静下来呢？

当初在姐姐的视线中，楼下的场景也如现在一样吧？可她是如何确定把我扔下去就能让我活下来呢？叔叔在下方抬头仰望我们时，又是一副什么模样呢？会不会也像我现在看到的这样渺小呢？他是否觉得自己有把握接住我呢？

“每次爬上高楼我都会想，当初我们家要是位于三层，不，哪怕位于五层该有多好！”

如果只是位于三层，人跳下来就不会死，最多也就摔断胳膊和大腿什么的。事实上，我还是头一次跟别人讲这些心里话。

“十一层实在是太高了，高得让人绝望。被火焰包围的情况下，跳下去会摔死，不跳下去又会被烧死。”

然而秀贤并没有接茬儿。

“你不会是转学过来的吧？”

我忍不住问道。

“我小学和初中是在南海上的。我外婆家在那里。”

气氛突然变得有点尴尬，但我的心中反而有些庆幸。面对这种对自己一无所知的人，让我感到很新奇。毕竟姐姐那么出名，或者说，我们一家人都很出名。

“原来如此，怪不得你不知道。”

“我知道的，关于你的事情……”秀贤反驳道。

“我听说过，也搜索过，所以很清楚。”

秀贤说得很慢，给人一种欲言又止的感觉。

一阵眩晕感袭来，我的身体也跟着踉跄起来。

“你怎么了？”

“有点头晕。”

“过来，快到这里坐下。”

秀贤十分熟练地从书包里翻出一张毯子，铺在地面上。

“你有姐姐或哥哥吗？”我岔开话题道。

秀贤说自己只有一个弟弟，但经常话不投机，很令她苦恼。我尽管没有弟弟妹妹，但很清楚那是一种什么样的感觉。需要让出自己的东西，听对方哭闹，跟对方进行无意义的争吵……我不禁庆幸自己没有弟弟妹妹这件事。我时常听有人羡慕别人有兄弟姐妹，但我其实很想对他们说：“假如你们真的有弟弟妹妹，就不会说出这样的话了。”姐姐和我相差十一岁，所以我几乎是姐姐一手拉扯大的。只不过我对此并没有多少记忆，但既然妈妈和申雅姐姐这么肯定，那我也必须“感激”她。

“你一个辅导班都没报吗？也不听网上讲课？”我问秀贤。

“嗯。”

“为什么？”

“要做的事情太多。”

所谓的“事情”是指像现在这样跑到天台上来吗？学生除了学习，还能有什么事情可做？这要是笑话，那真的一点儿都不好笑。

“你是不是在为学综做准备？”

“学综？倒不失为一个好办法。”秀贤敷衍地回答道。

“报考成绩不行也可以试试其他方法啊，你周末不是经常参加疗养院和流浪狗保护中心的志愿活动吗？”我恨铁不成钢地说。

“咦，你怎么知道的？”秀贤诧异地问道。

“我科目成绩还算可以，但学综准备得不够，所以还需要一点儿志愿服务时间。你也知道吧？现在特招和普招都得重视，所以我最近一直在查这方面的资料。”

此时，我虽然表面上强装镇定，但内心慌得要死。庆幸的是秀贤似乎认可了我的说辞，并没有继续深究下去的意思。事实上，当初在跟别的同学询问社团的信息，即关于秀贤担任部长的那个社团信息时，我始终有种打探朋友底细的感觉，所以难免有点于心不安。

想到这里，我赶紧转移话题："所以你现在打算怎么办？"

秀贤思索了片刻，便胸有成竹地拨打了电话："在哪儿呢？赶紧滚过来救驾！我被人关在天台上了。哪儿来的那么多问题，谁能想到会这样啊！不是学校，是行星小区 111 栋。小心点，千万别被保安大叔逮住了。"

"那个……如果方便的话，让他顺便买点面包过来，好吗？"

我厚颜无耻地问道。

"对了，来的时候记得买两个汉堡包过来，要牛肉的。"

"我要鸡肉的。"

"一个鸡肉的，一个牛肉的。大概要几分钟？"秀贤匆匆挂断了电话。

"我有点尿急。"

"真是懒人屎尿多。"秀贤不满地数落道。

我其实没到憋不住的地步，只是单纯地觉得和秀贤拌嘴很有意思。

"姐，你在吗？"

"赶紧开门，快饿死我了。"

看来是她弟弟到了。秀贤刚刚还把她的万能钥匙说得如同绝无仅有一般，结果转眼她弟弟就掏出了一把一模一样的钥匙来。话说，这姐弟俩究竟打开过多少扇天台大门啊！

秀贤的弟弟对姐姐的紧急召唤没有任何惊讶和不满，不过他在看到我的时候，我明显感觉到他的神情愣了一下。只是不知道他的这种表情，是出于没料到现场会有除他俩之外的第三个人，还是出于见到传闻中的人物的惊讶，又或是为这样的人与自己姐姐待在一起的状况而感到诧异。

也许是察觉到弟弟的疑惑，秀贤介绍说："这位是我的朋友，刘愿。至于我们是怎么认识的，又是怎么被一起关在这里的，你就不用知道了。另外，这位是我弟弟，正贤。我的跑腿小弟。"听完秀贤的介绍，正贤先是朝我微微躬了躬身，再默默地递给我一个汉堡包。

"报一下你的账号，我给你转账，或者明天给秀贤现金也可以。"

"给我吧，那样我又可以买汉堡包吃了……"

"算了，不用了。"没等秀贤的话说完，正贤就连连摆手道。

让第一次见面的小弟弟请吃东西，这让我挺不好意思的。我和秀贤早已饿得前胸贴后背，所以各自拿着汉堡包就开始狼吞虎咽。如果正贤手里也有汉堡包，我们三个人坐在一起吃倒也没什么，但问题是正贤偏偏没给自己买。由于是初次见面，我也不好意思拿自己啃过的汉堡包给对方吃，所以只能将套餐附赠的薯条递给他，也好过让他在一旁干瞪眼。正贤腼腆地接过薯条，还不忘向我道谢。我不禁感到有些好笑。吃自己买来的东西居然还向别人道谢！我们对视了一眼，正贤一脸尴尬地将视线转向秀贤那边。

5

爸爸妈妈的表现跟往常没什么两样，但我的直觉告诉我叔叔肯定又向他们提起了借钱的事情。爸爸妈妈活得很努力，我作为见证人，比谁都要清楚这一点。不管是在生活上还是在工作上，他们向来兢兢业业、全力以赴。但这样的人为什么偏偏要经历这种糟糕的事情呢？

自从和妻子离婚之后，叔叔经常到我们家来串门，而且三番五次地向爸爸妈妈借钱。甚至还有一段时间，他在我们家借宿了整整一周，感觉像是在躲避某些人一样。尽管不知道具体的细节，但我从他鬼鬼祟祟，大门不敢出、二门不敢迈的样子来看，肯定不是什么小事。其间，爸爸妈妈早上去上班之后，我再去上学，家里就只剩下叔叔一个人，所以妈妈三令五申，严禁我不经她的同意就一个人回家。

“一定要跟爸爸妈妈一起回家，知道吗？”爸爸也对我千叮万嘱。

我很感激爸爸妈妈对叔叔抱有的戒备心理，感激他们的小心和多疑。当时，叔叔经常深夜坐在客厅里观看足球比赛或篮球比赛。我每次半夜醒来上厕所，都会看到几乎凑到电视机底下的叔叔。但即使是在观看比赛，叔叔的表情依然覆盖着一层愁云，显得闷闷不乐。望着这样的叔叔，我时常会想“凑得那么近，也不怕伤了眼睛”。

那段时期，叔叔经常会在深更半夜闯入我们家，在客厅里借宿。家里只有两间卧室，所以爸爸妈妈自然不可能让他睡在主卧或我的房间，而让爸爸妈妈睡客厅，也不是我能容忍的事情。庆幸的是叔叔还有自知之明，知道自己只能睡在客厅里。

每当我被客厅里的动静惊醒，在黑暗中盯着天花板无法入睡，妈妈都会进到我的屋里来，用自己温暖的手盖住我的眼睛，哄我入睡。如果叔叔每次都是在喝醉酒的情况下迷迷糊糊地找来我们家，我或许会觉得情有可原，但事实上，叔叔是一个滴酒不沾的人。真正让我感到害怕的是，这一切都发生在他无比清醒的时候。一想到他有可能将我们视为自己的家人，我就有种毛骨悚然的感觉。

另外，每次叔叔借宿后，我都会不由自主地检查家中的每一个角落，而妈妈则会至少洗两遍他盖过的被子，再挂到阳台上晒干。

当初的火灾事件被报道之后，叔叔收到了爸爸妈妈准备的慰问金和邻居们以“见义勇为好市民”名义筹集的捐款。可以猜到，这是一笔相当不菲的巨款。叔叔经过康复治疗之后，在离我们家饭店不远的地方开了一家炸鸡店，但最终没能站稳脚跟。

我还依稀记得，我小时候经常到他的店里吃炸鸡。据爸爸说，叔叔的炸鸡店歇业的日子比开业的日子还多，加上叔叔动不动就“玩失踪”，婶婶经常会因忙着送餐而漏掉不少订餐电话。即使店铺是很出名的“见义勇为好市民”经营的，顾客也不会喜欢经常晚点的外卖，所以炸鸡店倒闭是迟早的事。

也许那一天，叔叔伤到的不只是身体。

一想到将叔叔弄成这副德行的罪魁祸首是自己，我就感到一阵难受。

假如当初我也缺胳膊断腿，或是摔到脑子变得精神不正常，叔叔是否还会像现在这样折磨我们呢？我不禁开始思考，倘若自己成为一个“适当”的残疾人，成为一个让叔叔不好意思对我们这么理直气壮，但又不会影响自己寿命的残疾人，又或是成为像叔叔那样腿脚不便的残疾人，结果会如何呢？要知道，叔叔经常向我们强调自己是如何接住从十一层掉落的我的，又是如何承受所有的冲击力从而保住我的性命的。要是我因不小心切到手指，贴上创可贴什么的，他甚至比妈妈还要一惊一乍地说："小愿啊，你手指怎么了？怎么会切到自己的手指呢？你怎么这么不小心……"

假如他不这么步步紧逼，可能我们会更加感激他也说不定。

尽管我有很努力地学习，但我并不认为自己能考上别人羡慕的那些名牌大学；虽然保持着拔尖的成绩，但我时常感觉自己高考会考砸；又或者，即使能幸运地考上自己喜欢的专业，我也不觉得自己以后能靠它来养家糊口。总的来说，我觉得自己不应该这样坦然地活着……只要这么想，我就会变得萎靡不振，然后脑子处于放空状态，一天天只知道机械式地解题、背答案。

那天过后，很多不认识我的人纷纷向我送出安慰和祝福，而当看到笑逐颜开的我时，他们又用一种见鬼般的表情看向我。虽然嘴上说着希望我幸福、开心，但真正看到我露出正常人的表情时，他们又会因我意料之外的表现而露出不知所措的神色。

如今回想起来，当时的我确实很能折腾。一些原本就身心疲惫的人看到我会感到厌烦也是情有可原的。可当时的我也不过只有九岁，那件事情才刚刚过了三年而已。考虑到这些因素，我弄出的那些骚乱也并非到了任性妄为的地步。更何况，当时的我已经是一个懂得明辨是非，甚至是比同龄的孩子更加乖巧的孩子。

记得当时我正一边乘坐滑梯滑下来，一边大声叫嚷。要知道，游乐场的大部分孩子都会这么玩儿。他们会抛着沙子、荡着秋千、相互打闹着，同时发出类似于尖叫的叫喊声。这算是他们宣泄内心情感的一种方式。

当时，我们小区有一位老爷爷，他很喜欢遛狗，但跟我不算太熟，平日里见我向他鞠躬敬礼，他也只是微微点头回应。当时，他的狗被我从滑梯滑下来时的动静吓得嗷嗷乱叫。而我感到很有趣，于是便靠过去，一边学着狗叫一边朝它哈哈大笑。另外，为了方便和它交流，我还趴在地上跟它对视。没想到那条小狗再次被我吓得连连后退，因为那是一条很小的幼犬。就在此时，那位爷爷突然抱起了那条小狗。而我笑着看了他一眼之后，顿时也跟小狗一样吓得连连后退。

因为我被那位爷爷充满怒气的表情给镇住了。

“喂，你怎么能这样？你不能这样的，知道吗？”

我仿佛意识到了什么，身体瞬间僵住，然后转身头也不回地跑到家中。

哪怕跑进屋子里，我剧烈的心跳也没有一点儿缓解下来的迹象。看得出那位爷爷当时很生气。即使我晚上吃饭、睡觉，甚至在梦中，他的眼神和声音也始终浮现在我的脑海里。

其实，那位爷爷也没对我说什么重话，但就是简简单单的一句话，一直牢牢地束缚着我。因为我始终觉得他的眼神中暗藏着“你怎么可以妄想像其他孩子那样成长”的含义。

虽说怪不到那位爷爷身上，但我渐渐成为一个非常敏感的孩子。例如在挪汤碗时，我会先想象一下汤水洒到我手背时的那种疼痛感，然后暗暗叮嘱自己千万不能打翻汤碗。后来，由于我很少会犯这样的错误，所以若是我有一天不小心打翻汤碗什么的，妈妈甚至会用一种不可思议的眼神看着我。

6

自从和秀贤交换手机号码后，我们之间的联系十分频繁，而且中午或下午放学后，我们都会找个时间见一面。碰头的地点有时是天台，有时是练歌厅，昨天因为秀贤想要买衣服，所以我们还一起去逛了商场。秀贤在商场里试了好几件衣服，但都不怎么满意，最终只买了两双袜子。她自己挑走绣有可爱兔子图案的袜子，然后将另一双绣有胡萝卜的袜子送给了我。

回来的路上，我们还在游戏厅门前照了几张大头贴照片。秀贤的手机壳上贴满了跟朋友一起拍摄的大头贴照片，所以我早就知道她平时喜欢拍这些。不过我本人倒是第一次拍这种照片。

我用访客身份搜了一下秀贤的社交平台账号，但并没有搜到。说不定她也和我一样，喜欢用访客身份去“偷窥”别人的账号；要么就是她觉得逛社交平台纯粹是在浪费时间，所以根本就没有注册账号。有时，我也会对自己这种偷偷翻阅秀贤社交账号动态的行为感到不耻。秀贤好友们的账号上有很多和她一起拍的自拍照，就连世真的账号上也有两个人的合照。

秀贤和其他朋友之间的关系都这么好吗？这么多的朋友是怎么“经营”的呢？

秀贤对我很热情，但我摸不准自己在她心目中的地位，我究竟算不算是她重要的人，又或者只是逐渐变得重要起来的人。我很好奇，在她看来什么样的亲密关系才能算得上是真正的好朋友。这个月我因为秀贤逃了三天辅导班的课。当然，秀贤并没有怂恿我逃课，只是我在辅导班和秀贤的邀约之间衡量了一番后，选择了后者而已。妈妈第一次接到辅导班老师的电话后并没有对我说什么，但得知我第三次逃课后，她终于忍不住问我逃课的原因。

“没有，我只是累了想休息一下。”

庆幸的是妈妈并没有继续刨根问底。

有一次，我偶然在网上闲逛时，恰好翻到正贤的社交账号。我可以肯定这就是正贤的社交平台账号，但我并没有在上面看到哪怕一张关于正贤的照片。清晨的操场、学生们放学时的照片、向右侧微微倾斜的篮球架、漏了气的足球、停了不知多少年都不知道修理一番的钟楼，以及天台的风景。

别人也许看不出那是天台的照片，但我一眼就看了出来。因为那张照片中拍摄的正是以晚霞为背景的薯条。照片中，焦点正对着摆在天台栏杆上的薯条袋子。这张怎么看怎么怪异的照片，明显是我们被关在天台的那天拍摄的。

偶尔，我也会在学校楼道里碰到正贤。虽然他每次都显得很拘谨，但都会摆着右手向我打招呼。对此，我也会晃晃右手表示回应。我发现正贤的朋友多半长得跟他很类似，高高瘦瘦的，而且都戴着款式相近的角框眼镜。每次正贤和我打招呼，他们都会在一旁偷偷打量我，然后手搭着正贤的肩膀，大声询问“你怎么认识那位姐姐的”，而正贤每次都会回答说：“她是我姐姐的朋友。”

电视上播放着找到失踪小孩的新闻报道，我记得那个小孩是四天前跟着家人到山涧游玩时失踪的。由于之前降雨较多，山涧河水暴涨，周边的山体滑坡情况严重，给搜救工作带来了很大的麻烦。孩子的妈妈在摄像机前哭喊着请求找到自己的孩子。失踪的孩子最终是在离山涧不远的一个山顶上被发现的。电视上正播放着孩子被抬上救护车送往医院的画面，下面还配着“健康状况良好”的字幕。

“真是不幸中的万幸！这些天里，孩子的父母该有多焦心啊！”妈妈感叹道。

“你现在的心情怎么样？”画面里的记者提问道。

事发当天，我也接受过类似的采访。六岁大的小孩在那种情况下能说出什么话来呢？但面对记者几乎顶到下巴上的麦克风，那个孩子还是吞吞吐吐地说出了人们期待中的“某些话”。最终，网上相关报道中都刊登了一张脸上尚残留着黑灰、在一群陌生人包围中露出天真烂漫微笑的小孩的照片。

还记得家里着火的情景吗？当时的心情怎么样？

——很热。很害怕。

掉下来时怎么样？有没有感到害怕？

——（犹豫了一下，嘟囔了一句）感觉挺好玩儿的。

当时，我被交给外婆照顾，而爸爸妈妈则去准备姐姐的葬礼了。整件事情发生时，外婆正因为为我办理入院手续暂时离开了。事后妈妈虽然给报社打电话要求其删除网上关于我的照片，但我的形象早已被冠上“从十一层掉落后奇迹般存活下来的宝宝”“银井洞事件唯一幸存者”等称呼，被散播到各大网站上。

虽然这么说不对，但这宝宝长得真可爱。

你怕不是神经病吧？

不过听说她姐姐没能活下来。唉，愿逝者安息！

听说救下这个宝宝的见义勇为市民好像伤得不轻？

太大胆了。怎么会想到用身子去接呢？

小孩子身子轻，所以活命的概率反而比成人更高。

谁说的？你有什么依据？

我好像听说猫从十层掉下来后活下来的概率比从三层掉下来时要高。难道跟这个是相同的原理？

跟那个没什么关系。人又不是猫。

真可怜。宝宝可能还不知道自己姐姐的死讯，看她笑得多开朗。

等她长大了就后悔了。

我要是孩子她妈，肯定会把自己的财产都送给那位救下孩子的大叔。

说得倒是轻巧……再说人家也不是抱着这种目的去救孩子的。你当别人都跟你一样啊？

那位大叔的大腿都粉碎性骨折了，说是亏欠一辈子也是轻的。

宝宝啊，你能活下来是天意啊。你一定要好好长大，然后多做好事多积德。

那位大叔肯定是上天派下来拯救宝宝的天使。

这些都是多年前在那些网络报道下面的留言，怎么说呢，总感觉太过乐观了一点儿。一些人不经大脑说出来的话没什么实际意义却被保存得太好，还有那些早该删除的新闻报道、人们的想法、浏览的痕迹……

他们如今还会记得我吗？会知道那个孩子已经长大，还时不时地进来浏览这些往年的报道和留言吗？是啊，我也知道，其实这些对他们并不重要。

然而救下我的人是叔叔这件事，让我犹豫究竟该不该喜欢自己。

找到孩子的志愿工作者们就没有什么奖励吗？

就是因为那个孩子的妈妈没有照看好孩子，所以弄得一千多人在大热天里上蹿下跳，累成了“狗”。

虽然不是我自己的孩子，但看到消息之后，弄得我做事都有些心不在焉的。宝宝啊，你真是福大命大啊。以后你的命可不只是你自己一个的了，所以以后要学会感恩啊。一位在远方祝福你的爷爷留言。

这些戏码果然又上演了，即使过了十年也没有任何改变。我想写下“活下来就好”“谢谢你活着”“祝福你”“孩子既然安然无恙，大家就不要过度关注了”之类的留言，我又不好意思，因为我觉得自己是在瞎操心。

“刘愿，你有没有看过时间？赶紧吃饭了，不然要迟到了。”

“妈，你明天有时间吗？”

“怎么了？”

“我想让你去一个地方。”

“怎么了？想让妈妈陪你一起去？要不给你添几件衣服？”

“不，我想让你和我爸去约个会。”

“你爸和你说的？这种事情不会直接跟我说啊，真是的。”

和爸爸相比，妈妈一向缺乏眼力见儿。

“不是啦。不是我爸想去，而是我希望你们明天能给我腾个地方。”

“啊?！为什么？说说原因。”

“我想请朋友到家里来玩儿。”

妈妈的脸上闪过一丝惊讶的神色，但还是故作镇定地看向我，等我主动解释。“你也有朋友啊？是谁？”看得出她其实很想这么问，但她显然在考虑到我的自尊心后又强忍了下来。

“是最近刚认识的朋友。关系怎么说呢，我也说不上好不好，算是持续升温的阶段吧。嗯，这话听着挺怪异的。总之，她说想要到我们家里来玩儿。”

“哦……明白了，明白了。”

妈妈似懂非懂地回了一句，随后马上岔开话题说家里又乱又脏，自己必须得打扫一下，免得让人看了笑话。

7

次日，爸爸妈妈按照和我的约定早早出了家门。尽管是难得的休息日，但他们两个人并没有睡懒觉，而是强行制订原本没有的计划，给我腾出了空间。临走时，妈妈仍有些不放心，反复确认了屋子里的卫生情况。

“小愿，你就不能把被子叠一叠吗？”

说得我好像哪次叠过被子似的……我一边腹诽，一边不耐烦地叠起了被子。

妈妈接待客人有自己的一套规矩。她认为关系再好的朋友来到家中也是客人，所以一定要热情款待，不能怠慢。

“冰箱里有肉和咸菜什么的，但我估计你们懒得做。你们不是都喜欢点外卖吃吗？比如炸酱面什么的。”

“谁还吃炸酱面啊！现在都改吃炸鸡和比萨了。”

妈妈道了声“是吗”，然后将钱放在饭桌上，又关上煤气阀门才匆匆离去。

“玩得开心点。”

我为什么会觉得妈妈好像比我还要开心呢？莫非我之前一直显得很孤单？我不禁开始回忆起自己的过往。

“进来吧。想喝点什么？”

“你是不是第一次邀请朋友来家里？”

“谁说的？是小学毕业后的第一次好吧！”

“我说呢，差点以为你在拍电影。”

我叉着腰站着，看秀贤将书包放在沙发上，再脱下外套放在沙发扶手上。秀贤仿佛在自己家一样随意地拿起遥控器打开了电视。

“不知道人生艰难吗？为什么还要拆穿我！”

“怎么？生气了？”

“原本应该生气的，但换成你就不生气了。”

我说的是实话。秀贤说话很直白，但我并没有因此感到不快。

“朋友们都说这是我的魅力所在。”

“那可恭喜你了。”

“你家不错啊。我要是能住进这样的房子就好了。”

“怎么说话和老太太似的？”

“朋友来了，你就不知道拿点吃的招待一下吗？”

等我端出桃子、葡萄和苹果，秀贤顿时乐得嘴巴都咧开了。

“哇，这也太多了吧！”

“家里就这些吃的了，我们要不点外卖吃吧？”

“那我要吃炸酱面！”

我不由得愣住。看到我怪异的表情，秀贤疑惑地歪了歪头。

“没事，就是……炸酱面也挺好的，那我就吃什锦炒菜盖饭吧。另外，再点个糖醋肉片。”

秀贤高兴得发出一阵欢呼。

“话说我已经好几年没吃过新鲜的桃子了，平时吃的都是桃子罐头。”

秀贤拿起水果刀削起了桃子。她削桃子的手法很专业，一圈圈削下来，皮都是连着的。我用叉子叉了一块桃子递给秀贤，秀贤顺手接了过去，嘴上还说着“孺子可教”。我对秀贤的这种应变能力感到很惊讶。每一句不经意间冒出的话都十分诙谐、幽默，引人发笑。莫非想要交到很多朋友就得具备这种能力？若真如此，那我以后注定是要孤独终老了。

秀贤打量着屋里的陈设，最终将目光移到摆在客厅电视机柜上的相框上。我尽管只能看到秀贤的背影，但能感受到秀贤的目光在照片上逗留的时间最长。事实上，大部分来我们家串门的人都是如此。无论是外婆，还是申雅姐姐，又或是叔叔，都会时不时地盯着姐姐的照片看。这个家里姐姐留下的痕迹实在是太多了。虽然妈妈常和我说姐姐的东西都被当初那场大火给烧没了，但在我看来事实并非如此。

姐姐你可真令人生厌啊！

我打着嗝儿想道。

“去看看你的房间。”

我的房间真没什么可看的，只有一床异常舒适，盖上去就恨不得立马入睡的超细纤维被子还算可以入眼。秀贤应该见过很多朋友的房间，只是不知道我的房间在她的心目中能排第几。其他人会在朋友的房间里干什么呢？会看着对方相册里的幼儿园照片哈哈大笑吗？或者欣赏对方的藏书，讨论哪一本书更有趣？要么拿出自己最新购买的化妆品，彼此交流使用心得并拍照片上传到社交平台上？

我也很想参观一下秀贤的家和她的房间。不知道为什么，我总觉得她的房间里肯定有很多好玩的东西。比如她的书桌上会摆很多小时候的照片和跟学校朋友们拍的大头贴照片；柜子里会装各种巧克力、糖果等零食；书桌上或许会有点凌乱，但肯定残留着很多她的痕迹。另外，她房间里挂着的日历上说不定也记录了很多朋友的生日、聚会日期等。

早知道提前买个不“烧脑”、能打发时间的桌上游戏就好了。可如果是秀贤问我之前和谁玩的桌上游戏，我肯定答不上来。

“喂，你房间里怎么什么都没有啊？你平时都会玩什么？”

秀贤的提问可谓一针见血。

“当然是学习了。玩什么玩，学习不好玩吗？赶紧出去啦，你这个全校百名中的‘吊车尾’！”

我连拖带拽地将秀贤拉出我的房间。

“全校百名中的‘吊车尾’也属于上游吧？我就当你是在夸我了！”秀贤一脸无所谓地回答说。

取来外卖之后，我从厨房里拿出小碟子，又将煎饺推到秀贤的面前。

“我就不客气了。来，你吃这个。”

秀贤也学着我的样子，将甜萝卜片推到我的面前。

“别，我喜欢吃糖醋肉片。”

“怪不得把煎饺让给我吃，原来打着这个主意！”

我们看着电视剧闲聊天，好不热闹。电视中播放的是总共有五十集的长篇连续剧，但在不到十分钟的时间里，秀贤就已经将这部作品的梗概透露得八九不离十了。

“她和她是同父异母的姐妹，她们两个人喜欢同一个男人，也就是他。嗯，他是一家化妆品公司的总裁。总裁喜欢的是姐姐，姐姐在得知妹妹也喜欢总裁之后就打算把总裁让给妹妹，但妹妹却不领情，反而还变本加厉地欺负姐姐。不过看了这一集后我就知道下一集她们肯定会和好，然后妹妹会选择出国。”

于是我就在十分钟不到的时间里了解到了五十集长篇电视剧的核心内容。

“这么俗套的内容，真不知道人们怎么看得下去？这不得白白浪费至少五十个小时吗？”

“就是因为俗套才看啊。我们为什么会吃炸鸡和炸酱面？就是因为味道熟悉啊！”

我无法理解秀贤的思维模式，而秀贤同样无法理解我的。我们不断翻看着不同的电视频道，因为一些鸡毛蒜皮的事情斗来斗去。

“你爸妈什么时候回来？”

天色不知不觉就变暗了，秀贤也拍着屁股站起来，表示自己要回去了。

“应该会比较晚。”

因为是我让他们晚点回家的。说不定家里的某个角落里就挂着摄像头，而他们则躲在不知道什么地方偷看我们怎么玩呢。当然，这些话我也只是想想，并没有说给秀贤听。

“哦，要等饭店打烊是吧？”秀贤恍然大悟地说道。不过我告诉过她我爸妈经营饭店的事了吗？我怎么不记得了？

“你快给爸妈打电话，说你会晚点回家。”

“这种事情，我们不用一一向他们汇报，而且我妈回来得最晚，所以说不说都一样。”

8

申雅姐姐给我发来宝宝的照片。宝宝的出生时间要比预产期晚一周左右，是一个从出生开始就不急不躁、不慌不忙的宝宝。也许在申雅姐姐看来这是一件令人焦虑的事情，但在我看来却是一件预见宝宝未来人生的好征兆。刚出生的婴儿长得红红的、皱巴巴的，光看脸蛋暂时还无法判断她长得像申雅姐姐还是像姐夫。

有了女儿感觉怎么样？

——心疼呗。

什么意思？因为太可爱了，所以感到心疼？

——等你以后生了孩子就知道了。

孩子的名字定了吗？

——还没有，后备选项太多了。

三七日[1]过了就去看你，好想看宝宝啊。

——我下周就去产后调养院了，你可以那个时候过来。

不行。外婆说了，宝宝出生二十一天之后才能串门。这是规矩。

——嘻嘻，那行吧。

要照顾好身体啊，姐姐。

等见到申雅姐姐，我一定要告诉她我有好朋友了。相信她肯定也会很高兴吧！为了能让我结交到“好朋友”，申雅姐姐还曾动员过她那个和我同龄的侄子。姐姐的侄子为人挺不错，但对我了解得太过透彻，而且在一起时什么事情都迁就我，不免让我怀疑对方是不是收了申雅姐姐的好处才有这样的表现。总之，由于和对方在一起让我感到很不自在，所以我也渐渐断了和他的联系，但申雅姐姐却认为这件事伤到了我的心，所以对我感到十分愧疚。

其实，我从未因没有“好朋友”而感到孤单。因为在学校

① 孩子出生后的三个七天，即二十一天。

的时候，很多同学都对我很热情，参加课外活动或运动会时，周边也不缺一起行动的同学，所以我一直都感到很满足。

一直以来，我的人生过得都很充实。什么辩论大会、写作比赛，但凡老师建议的比赛，我几乎都没有落下过。上初中的时候，我还在道[①]主办的水火箭比赛中获得过银奖。记得当时我每天都要剪十个左右一点五升容量的塑料瓶来制作火箭。这么努力的结果是我就像组装枪械的高手一样，能在短短三分钟内完成剪塑料瓶、用胶带密封、调整“水燃料”容量、安装到发射台等复杂的工序。水火箭只要一经发射，火箭头部就会严重变形，导致无法回收利用，所以比赛中每个人都只有一次发射机会。

升入初中后，每周七天，我都要上辅导班。这并非爸爸妈妈强迫我，而是我比别人更早领悟了一个道理，那就是像我这种不能自主学习的孩子，只有参加纪律严明的辅导班才有可能提高学习成绩。

我原本可以活得更悠闲一点儿的……

如果没遇到那场灾难，哪怕活得更加悠闲，我也不会心怀

① 道是韩国政府直辖的最大的地区自治单位，相当于中国的“省”一级别的行政区划。——译者注

愧疚；哪怕重复犯下多次相同的错误，我也不会感到焦虑。我的人生一直都是那么急迫，仿佛被人追赶着一般。

由于要上辅导班，所以每周我能和秀贤见面的时间只有一天。

明天见了秀贤，我要告诉她我有了侄女。另外，我还要给她看我侄女的照片。我情不自禁地开始在脑子里整理明天要说的内容。这样的经历对我来说是破天荒的第一次，所以让我感到非常紧张。我有点期待秀贤明天的反应。她生动的表情，还有那恰如其分地数落我的口吻……

秀贤每两周都要参加一次志愿社团活动，而没有社团活动的周末，她又多半会去忙别的事情。志愿社团活动地点很多都在户外，而且距离似乎也不是很近。或许是不想让我多心，在我主动询问之前，她通常不会告诉我自己的活动计划。

不过哪怕没有明讲，我也知道秀贤是一个很容易让人感到疲惫的人。比如，她会领头参加各种抗议活动；虽然不浏览社交平台，却对给社会新闻留言十分热忱；在绕着特定主题争论时，固执己见，寸步不让。秀贤对于大部分的事情都很豁达，但有一次我们谈及一件与我们无关的政治问题时，我发表意见说“这群搞政治的都是一个德行”，结果她立即用我不认识的其他官员的事情来反驳我，而且越说越激动，越说越暴躁，弄得我有些不知所措。由于秀贤的执拗，我如今很少会和她说“这些知识不懂也没关系吧”之类的话。秀贤偶尔会去做兼职，领到日薪后就会送我圆珠笔之类的礼物，要么就干脆请我吃饭。

我有点好奇。就像出于某种原因造就了现在的我一样，秀贤的人生中是否也有类似的转折点呢？

9

和秀贤约见面的这天，她正在进行“一人示威”，“很幸运”地不需要两个人同时站着。

“下次你要跟我一起去，没问题吧？那就这么说好了？”

尽管周末有关于期末考试的特讲，但我没办法拒绝秀贤的邀请。我原本以为周末是她们社团的集体行动，没想到是秀贤自己报名的示威活动。据她说，接力示威的人太多，以至于名额都排到了月末。

这又不是什么了不起的事情，我无法理解为什么会有这么多的人热衷于此。当然，虽然我心中感到不解，但我还是老实地道了句“真厉害”。于是就有了之前所说的那一幕。秀贤至今都坚信我会加入她的志愿社团。我不禁感慨地想：世上热心肠和敢为人先的人可真多啊！想来秀贤也是其中之一，而我如今也成了这些人的同伴。

我抬头看向天空。昨天还在担心今天下雨该怎么办，但如今看来，还不如直接下雨来得痛快。只不过在街道上待了几分钟，我们就已经热得汗流浃背。似乎是看出了我的担忧，秀贤笑着说：“放心吧，死不了人。”

我从书包里掏出防晒霜抹在秀贤的手背上。

“赶紧抹一抹，要均匀。”

秀贤仔细地在自己手臂、大腿及脸上抹了一遍防晒霜。在这种蒸笼般的天气里，我甚至怀疑抹上去的防晒霜立马就会融化，但我除了这些，还真没什么可以帮得上忙的。秀贤劝我赶紧到对面的咖啡店里躲一躲。我没有拒绝，不过在进入咖啡店之前，我在她脚旁放了一瓶矿泉水。

被空调的冷风一吹，我感觉自己又活了过来。我点了一杯巧克力圣代和一份胡萝卜蛋糕，然后走到窗户边坐下。从秀贤身边路过的人都会好奇地打量她几眼。偶尔也有人停下脚步，认真地读一读她举的牌子上写了什么字，然后拍一拍秀贤的肩膀，为她加油。过了一会儿，有两个扛着摄像机、拿着话筒的人走过来，对秀贤进行了采访。他们询问和记录了一番秀贤的话，还对着她拍摄了几组照片。秀贤显得很疲惫。

“做什么不好，偏偏要做所谓的正义人士。”

这也太拼命了吧！换成是我，绝对做不到。

我干脆从书包里掏出一本书，来了个眼不见心不烦。这本书我之前读了一半，书中的孩子只因长相与别人不同，饱受人间疾苦。但哪怕生活给她带来再多的伤痛和不幸，她也没有想过要逃避。当然，书中的主人公大多是这种性格。一边看着悲伤的故事，一边吃着甜美的蛋糕，让我有种说不出来的怪异感。我吃了一口甜得发齁的巧克力圣代，不时瞅一眼在烈日下活受罪的秀贤，再侧耳聆听一下音响中流淌出来的钢琴曲。等感觉有些冷了，我又叫柜台上调了一下空调的温度。

到头来，我还是没能让自己也像书中的主人公那般，因为实在是缺乏勇气。

等我看完书，缓过神来，发现天色已经渐渐暗了下来。透过窗户，我看到似乎有一位交班人员正在接过秀贤手中的举牌。趁秀贤还在和那个男孩交谈，我赶紧整理了一下桌子，再帮她叫了杯冷饮。

“妈呀，热死我了。可算是活下来了。”

秀贤抢过我递出的草莓奶昔，狠狠地吸了一口，又舒了口长气。我们无言地坐在阴凉处小憩了片刻。我从书包里拿出一张薄书册，当扇子给秀贤扇了扇。

这样一来，我也算是发挥了点用处，至于再多就没办法了。

秀贤像个中暑的人一样傻傻地笑了起来。

“刘愿。”

“你脸好红啊，我们赶紧在附近找个地方洗把脸吧。”

秀贤闭上眼睛一动不动地瘫坐在地上，看得出她已经筋疲力尽了。

“谢谢你。”

“赶紧起来啦。”

“不得不说缘分真的很奇妙，不久前我们彼此还是陌生人。”

“是啊。”

“我之前其实并不是很了解你。”

秀贤用低不可闻的声音喃喃自语道。

10

秀贤家位于离地铁站步行二十分钟的地方。五层高的公寓楼显得十分陈旧，虽然最下面的一层汇集了服装店、干洗店及快餐店，但二层和三层却只剩下一家台球厅和一家按摩店各自坚守着最后的阵地，因此显得格外冷清。另外，从四层连一家商户都没有入驻的情况来看，这一片的商圈发展得并不好。由于是纯商业性质的建筑，所以当我跟着秀贤来到她家门口时，我甚至怀疑自己的眼睛出了问题。若不是见到摆在客厅中间的晾衣架，我差点以为自己进的是一家房地产售楼处。

“我妈是这栋建筑的保洁，平时还要在旁边大楼的牛骨汤店上班。”

“原来如此。”

“在搬到这里之前，我妈、正贤，还有我都是在一个房间里睡的。不过现在我们三个人各自都有了自己的房间。据说，这里原本是一间自习室，我们现在等于是睡在自习室的小间里。不知是不是风水的关系，晚上睡觉很踏实。”

“是吗？那我做噩梦时就来你家睡好了。”

秀贤领我来到她自己的房间。秀贤的房间并不大，只有一张书桌和一张单人床床垫，但仅这两样就占据了大部分空间。四周的角落里残留着很多秀贤的痕迹，比如房门和墙壁上密密麻麻地贴满了与朋友一起拍的大头贴照片，还有两张某青春偶像的大幅海报。我记得这些海报是点某品牌炸鸡套餐外卖时附赠的礼品，为了海报，专门订炸鸡套餐？更令我发笑的是，最近某偶像可是闯了大祸被迫退出了娱乐圈。

“你喜欢他啊？”

“嗯，算是吧。都是以前的事情了，现在早就不追了。我只是害怕揭下来会破坏壁纸，所以才一直留着它，你不要多想。”

“我又没说什么，你急什么？不过我还是头一次见到你说话结巴呢！”

看到我打趣她，秀贤顿时气急败坏地将我推到床上，却引来我更多的笑声。

书桌上堆放着笔记本和大量漫画书、小说，换作是我根本没法静下心来学习；而且我发现，她书桌上没有一本和学习有关的书籍。这让我不得不怀疑，她是否将课本都扔在了课桌斗里根本没有带回家。

“果然不愧是申秀贤。”

“你等等。”

秀贤从书桌抽屉里翻出什么东西递给了我。我顺手接过来一看，发现是一本皱巴巴、封面布满霉斑、仿佛被水浸泡过的破书。单从书名上来看，似乎是许久前发行的文集。

“我清理过一遍，但始终没法弄干净。”

文集里面收录的是地区写作比赛的入围作品，还有一些是在父亲节和校内举办的写作比赛中入围的作品。文集目录上分为随笔、诗、小说及游记等几个不同的组别，后面还记录着当时参加比赛的一年级学生名单。最后，我在小说组里看到了一个熟悉的名字。

1-5　刘睿婷《透明人》

“你知道她是我姐姐？”

“嗯。”

“怎么知道的？”

“就那么知道的呗……你姐姐不是挺有名的吗？”

秀贤斟酌了一番，便用一副不以为意的语气回答道。我脑海中浮现的种种猜测一下子全被推翻了。

“就这么简单？”

“你以为呢？”

“算了，我也不知道。”

姐姐的痕迹依然让我感到很陌生。

“从哪儿来的？”

“学校天台的仓库。不是我特意找的，是无意间翻出来的。我觉得你那里说不定没有，于是就留了下来。”

我看向贴在小说题目旁边姐姐高一时的点名册照片，照片上的姐姐应该比现在的我小一岁，但显得十分端庄和乖巧，不过似乎也有一点儿敏感和神经质。很难想象，一个人身上居然可以承载两种截然不同的气质。

我像是头一次见姐姐一样，盯着她的照片和她写的文章陷入了沉思。小说写的是一个孩子突然有一天变成了透明人，以及在那之后发生的一系列故事。从书中主人公对曾经欺负过自己的人进行报复和打劫商店的情节可以看出，姐姐对透明能力的一种渴望。此外，为了向朋友和家人们证明自己的存在而孤军奋战的场面虽然采用了幽默的风格，但读过之后却出奇地给人一种悲伤的感觉；同时，为了防止别人撞到自己，不得不手持蓝色气球做标记的样子也莫名地让人伤感。

“这算什么？”

“你和你姐姐关系很好？”

“据说是。”

“也是，你能记得起来就怪了。”

“我和姐姐的年纪相差挺大的，所以我小时候基本都是由姐姐一手带大的。据说我姐姐从不报辅导班，但学习成绩始终名列前茅，而且她还得过很多奖呢。另外，她性格乖巧懂事，不仅朋友多，还从没闯过祸。”

秀贤坐在床沿上，一言不发地看着我。

“认识姐姐的人都这么说。他们说姐姐是栋梁之材，如果不是英年早逝，以后绝对能有一番大作为。当年把我扔下十一层的事情就是。也就是姐姐聪明果敢，换成别人绝对不敢这么做。”

“一个人真能做到这么完美吗？”

“我有时觉得他们是为了让我感激姐姐而故意抬高她，可我偏偏就很讨厌听这些话。他们究竟要我怎么样才甘心？”

说着说着，眼泪就不争气地掉下来。我很难想象，自己居然会有一天主动向别人吐露心声。

“人们普遍会对不在世的人更加宽容，也算是成人之美吧。

总之，会把对方包装得更加华丽。哦，我不是说你姐姐。”

哪怕在这个时候，秀贤也是一如既往的一针见血。

“他们肯定会跟你说什么‘替你姐姐幸福地活下去’‘加倍认真地活下去’之类的话，对不对？”

“没错。”

“追求适当的幸福就已经很难了，怎么可能加倍幸福地活下去！”

发泄了一通之后，我感觉心中好受了许多。

在我们谈天说地的时候，正贤正好回到家中，而且看到我显得很惊讶。晚饭是在秀贤家里解决的，下厨的是秀贤。可能是由于晚点开饭的关系，无论是我和秀贤，还是刚从自习室回来的正贤，只就着辣白菜汤就都吃下了两碗米饭，正贤甚至在吃完了锅里的米饭后还觉得不够，又另煮了一袋方便面。看到正贤吃完面还觉得不过瘾，打算提着铝锅往嘴里灌汤，我便用手指着铝锅，提醒了一句“食盐超标，小心中毒”[1]。闻言，正贤讪讪地放下了手中的铝锅。

---

① 铝在空气里很容易氧化，表面生成氧化铝薄膜。氧化铝易溶于盐水中，不仅毁坏铝锅，还会使含盐汤类含有较多的铝和铝化合物。长期吃含有大量铝和铝化合物的食物，人体会慢性中毒。

11

在没有秀贤的情况下，我偶尔也会和正贤见面，不过不会做什么特别的事情。通常辅导班结束后，我们会在公园一起转悠一圈，然后正贤会送我回家。

正贤平常都会一个人在自习室学习。在得知此事后，我就将自己去年用过的习题集和纠错本借给他看。正贤埋怨我写的字太潦草，遇到看不懂的字就会拍下来找我问。最初的几次，我还会不厌其烦地给他进行“翻译”，但后来我嫌麻烦就干脆叫他直接过来找我，顺便也给他辅导一下数学。在自习室待太久待得肚子饿了，我们会一起到超市买吃的。正贤通常都会煮方便面吃，而我则会选择吃便当。

不知是否出于报恩的心理，正贤特意给我找来了有助于睡眠的歌曲目录。原本我除了做听力练习之外是从来不戴耳机的，但自从认识了正贤，我第一次为了听歌而下载音乐软件。正贤对我的态度很微妙，既感觉有点拘谨、疏远，又有点害羞、腼腆。

尽管双方都不愿意承认，但我看得出秀贤姐弟俩的关系十分融洽。秀贤看似对正贤呼来唤去，但其实颇为他着想。正贤也很可靠，既不抽烟，也不像其他男生一样开口闭口都是脏话。总之，跟那些满身烟味也丝毫不自知的男生截然不同。

在给我挑选音乐时，正贤显得很慎重。有时，我觉得他有点呆傻、木讷。性格明明拘谨得要死，却表示自己想考戏剧与电影专业。在我看来，正贤是我见过的最无趣、最没有才艺的那类人。我很难想象这样的人在成为艺人之后会是什么样的。他这种人即使放在人堆里，也一点儿都不起眼，甚至多一个他或少一个他，都不见得能引来关注。不过也正因如此，我才能毫无顾忌地与他相处。

在我的人生中，这样的人是极其少见的。我这个年龄段的男孩子身体已经发育得和成人差不多了，我遇到他们三五成群地走动的时候，会忍不住打个激灵。但在正贤身上，我完全感受不到这种不自在感。

正贤曾告诉我，新推出的所有歌手的歌曲，他都听过。按他的话来说，只要是在音乐网站上收录的新歌曲，无论歌手是否出名、是不是正规乐队、有没有登上排行榜，他都会仔细听一遍。正贤挑选的音乐风格迥异，不全是忧郁的，也不都是嘈杂的，甚至其中还包含平时我不怎么爱听的“嘻哈”[1]歌曲，以及震得耳朵嗡嗡响的“重金属”摇滚歌曲。

从那以后，我经常会戴着耳机，听着音乐入睡。在我睡觉期间，正贤推荐给我的歌曲目录会无限循环下去。

---

① 嘻哈（Hip-Hop）：诞生于美国贫民区街头的一种文化形式。

12

火星儿掉落到我的头顶，我顿时翻身而起。天花板上的火舌逐渐向我席卷而来，火焰的另一面传来一阵撕心裂肺的哀号。我丝毫不想知道这声音的主人是谁。火焰从我的房间蔓延到爸爸妈妈所在的房间，再蔓延到十二年前我姐姐睡觉的客厅，但我从未成功地将它扑灭过。

又是这个梦。这个梦不把除我之外的一切都烧成灰烬是不会罢休的。

13

今天天气很不错，妈妈难得提前下班，但她并没有选择休息，而是给家里做了一次大清扫，又拿出自己珍藏的碗碟擦拭起来。妈妈这会儿已经两次要我坐下来乖乖看电视，唯恐我说出要帮忙擦碗碟的话来。如果是不知情的人看到，说不定还以为我曾打碎过她的宝贝盘子呢。

妈妈会经常淡定地向我提及“以前的家”中收藏过的那些来自法国、意大利、日本等国家的进口品牌餐具。我无法理解早就被一把火烧光的东西，现在提起来有什么意义。那些妈妈口中装什么食物都能让人胃口大开的盘子，还有画有兔子和胡萝卜的沙拉碗——妈妈只要用它盛饭我就决不挑食——以及非常适合煮红茶的茶具套装等，据说都是妈妈结婚时外婆传给她的。每次看到妈妈不住地念叨那些餐具，我就有种关于那场火灾的错觉——或许妈妈心中最引以为憾的其实是那些餐具。

妈妈时常告诉我，待我结婚时，她会像当初外婆那样，将自己收藏的餐具都传给我。但我深知那些餐具决不会被我搬进自己未来的房子里，因为我对它们不感兴趣，而且也从未想过要拥有它们。妈妈执着于收集餐具，哪怕家中懂得欣赏它们的只有她自己，她也会时不时地调整餐具的位置，然后一脸欣慰地望着它们。

当我迈入二十岁的时候，妈妈也会步入六十岁。以前总觉得妈妈离花甲还很远，但这几年常听外婆叮嘱妈妈说“没有几天你也步入花甲了，所以一定要保重身体”，弄得连我也跟着一起紧张起来。

记得早在上小学的时候，我就对妈妈的年龄很敏感。每次学校举办运动会或公开课堂，我就觉得自己的妈妈要比其他孩子的妈妈更稳重。哪怕她容光焕发、声音洪亮，也无法掩饰这样的感觉。

毕竟她是一个经历过女儿死亡的母亲，同时也是一个心比身先老的母亲。

我坐在沙发上，嘴里嚼着零食，手里拿着遥控器寻找电视频道。找出来的电影频道中正播放着《阿甘正传》。这部电影我从未看过开头，但结尾却看过好几次。

“珍妮，珍妮！”阿甘正在穿过喷泉池子。

妈妈终于陈列好自己的宝贝，从中选出自己心仪的一款，再盛好洗干净的圣女果和猕猴桃端了过来。在这期间，也不知想起什么高兴的事情，她还时不时地哼起了歌。妈妈拿着果盘，坐到我的前面。有时，妈妈的那种不动声色会令我感到有些害怕。

一直以来，我深切地感受到大部分认识姐姐的人都对她的事有着过分的自信，即他们会认为姐姐的死与普通人的死不一样，同时会为此感到自豪。我深知这也是妈妈能比其他失去孩子的父母更早回归平凡生活的原因，因为作为死者家属，我们尚处在相对“优越”的境地。

我不仅是妈妈仅剩的女儿，还是证明姐姐是一个好人的“证物”。我的存在会令早已终结的姐姐的人生得到延续和保障。

是我想太多了吗？

“吃水果。”

“妈，你看过这部电影吗？”

“当然看过啦。不过昨天辅导班老师又给我来电话了。这都几次了？你不去听课，着急的反而是老师。你说老师遭的什么罪啊？我已经再三跟老师保证你以后会好好表现，不会再给她添麻烦了。”

“知道了，你就放心吧。不过，妈，你说阿甘这个人怎么就干什么都能行呢？简直就是天命之子嘛，所以说电影终归只是电影。”

“那都是阿甘他妈妈从小教育得好。”

“妈，你这看待问题的角度有问题啊。”

“我有说错吗？你姐姐当初也很喜欢这部电影，还跟我一起看过好几遍呢。每次吃巧克力的时候，她都会念叨电影中的台词‘人生就像一盒巧克力’。对，就是这句。”

妈妈念着念着，就扑哧一声笑了出来。阿甘的妈妈应该是在电影的前半部分登场。由于我每次看的都是后半部分的内容，所以并不清楚阿甘的妈妈到底有多爱他。

我看着坐在地上的妈妈的背影有些出神。妈妈的肩膀很瘦，平时我稍微用力捶打，妈妈的身体就会像芦苇秆一样晃来晃去。尽管我给妈妈按摩后背时，她都会对我喊“再用力点”，说这样才更舒服，但我生怕自己一用力，她就会向前栽跟头，所以一直都不敢太使劲。

“妈，你应该感谢我。”

“嗯，谢谢你。”

“你真的应该非常非常感谢我，而且还应该对我更好。如果没有我，你说你一个人会多孤单、多没有意思、多想我？”

说着说着，我却不由得想起秀贤和正贤来。

“是啊。”

然而听着妈妈老实的回答，我反而更加伤心了。妈妈失去了大女儿，却也失去了失去女儿的伤痛。她不会是真忘了吧？妈妈仿佛要堵住我的嘴似的，拿起一颗圣女果就塞进我的嘴里。

“小愿，多吃点水果。坐得太久容易得便秘。”

14

我仰着头看向天空。

最近似乎很少能看到鸟类的身影，除了那些在地铁站、公园啄食人们的呕吐物或饼干碎屑的鸽子……也不知从何时起，提到鸟儿我都会下意识地将鸽子排除在外。因为我总觉得它们与“鸟儿”这个词相比，很难给人们带来快乐和自由的感觉。

鸟真的能飞到这么高的楼顶上来吗？如果能，那在我们到来之前，这里其实是属于它们的地盘吗？一阵强风刮来，我被卷起的灰尘呛得直打喷嚏。说起来鸟儿们也是微尘的受害者吧？它们飞翔的时候注视的究竟是地面还是天空呢？不会是一天注视地面，一天注视天空，交替着来吧？

“粉笔是从哪里拿来的？”

“仓库里。”

秀贤有一种能力令人十分叹服，那就是总能找到被人们忽略的偏僻场所，也不知为什么。

秀贤放下书包，用粉笔在住宅楼天台的地面上画了个大大的圆圈。自从认识秀贤，我开始接触很多以前不想知道的东西，并且发掘出了一些曾经埋藏在记忆深处的东西，比如，我自己的内心。我在秀贤画的圆圈内画了一个五角星，看着有点像外星人飞船着陆过的痕迹。秀贤仰面朝天地躺在上面。

“几点了？”

“八点四十了，是九点开始吧？”

“你每年都在这里看人们放烟花吗？”

“嗯，怎么样？这里可是风水宝地。”

每年的烟花节，我即使是坐在辅导班的教室里，也能依稀听到烟花爆炸的声音和人们的欢呼声，而且越往后声音越大，使得我不得不戴着耳机做功课。我们打开在下面商铺里买来的炸鸡，秀贤的口味和用餐方式总是那么与众不同。在吃炸鸡或比萨的时候，我不喜欢弄脏手指，所以必须要使用筷子，但秀贤每次都会直接上手。

吃着炸鸡，秀贤给我讲述了自己与学霸世真在志愿活动中认识的经历。正如我预料的那样，秀贤口中的世真和我认识的世真并没有多少出入。

“你呢？平时真的一点儿都不学习吗？”

其实，我更想问她为什么活得这么认真。虽然这两个问题都挺白痴的。

“你这么说就有点过了啊，我们现在这样不也算是在学习吗？你难道以为只有在学校里学的东西才叫学习？”

我居然无言以对。

“不过班主任说她相信我。要知道，我这次韩国语、英语、数学可是考了‘666’啊，简直惨不忍睹。”

“666”？！全是六等级[①]？我有点难掩惊讶的神色。通常数学成绩差的人，韩国语成绩会好一点儿；英语成绩差的人，数学成绩会好一点儿。但这种每个科目的成绩均差的人还真是不多见，亏得她还能笑得出来。但不管分数如何，我其实并不担心秀贤的情况。因为就算考不上大学，她也不见得会灰心

---

① 韩国高考有两个评分体系，分别是绝对评价（只标注等级）和相对评价（标注分数、百分位和等级）。在韩国高考中，韩国史和英语都是采用绝对评价评分体系，这些科目的成绩通常分为九个等级，一等是排名前4%的成绩、二等是4%—11%、三等是11%—23%、四等是23%—40%、五等是40%—60%、六等是60%—77%、七等是77%—89%、八等是89%—96%，九等是96%—100%；而韩语、数学、探究领域和第二外语/汉文采用的是相对评价评分体系。

丧气。

秀贤扯下一根鸡翅递给我。

“喏，你爱吃的鸡翅膀。”

“你怎么知道的？我有跟你说过吗？”

“山人自有妙计啊！另外，你不吃鸡脖子是吧？因为嫌脏。”

我闻言放下手中吃了一半的鸡翅。

“我发现你这个人秘密挺多的。”我笑着顶了一句，却发现秀贤的表情莫名地有些复杂。在那一瞬间，我有预感，接下来秀贤要说的话肯定不同寻常。只是由于我心中实在没有底，所以不免生出一种心惊肉跳、毛骨悚然的感觉来。

“现在开始我们各自讲自己心中的秘密，但要从轻到重，循序渐进。如果听完别人的秘密后，觉得自己讲不出比这个更大的秘密就算输。输的人要买比萨。”

“炸鸡还不够你吃，吃什么比萨？话说这炸鸡还是我出钱买的呢。”

“是你要请我吃的，怪我咯？”

“反正通常提出这种建议的人，说明她心里更有底气。就好比玩真心话大冒险时，往往提出要玩的人肯定有想听的话或有话要讲。”

“你就说玩不玩吧？”

我半推半就地答应下来，而我们两个人开始相互讲述自己心中的秘密。

最终，我从秀贤口中得知的秘密是：相比吃炸鸡，秀贤其实更喜欢吃汉堡包；秀贤现在对某偶像组合中的某君尚存有念想，也就是如今挂在她房间里的那位，秀贤表示尽管得知对方对社会造成了不好的影响，但心中却始终有些割舍不下，所以感到十分困扰。

至于我则和秀贤讲了自己上小学时，为了买印有迪士尼卡通图案的衣服，偷妈妈钱包里的钱的事情，还有爸爸妈妈对我的成绩夸大其词时，自己坦然接受，没有对其进行反驳的事情。

之后，我们搜肠刮肚地又道出了不少秘密，但基本都是一些鸡毛蒜皮的小事。到了最后，我们除了一些心中坚守的秘密，已经说不出其他的秘密了。如果继续要说的话，我也只能道出它们了：

我讨厌救我的姐姐。

我憎恨救我的叔叔。

突然一阵风刮来，吹走了装着鸡骨头的塑料袋。一想到翅膀和脖子上的骨头在空中飞舞，我就有些忍俊不禁。这算不算鸡在天上飞呢？正当此时，随着一声轰鸣，一团七彩斑斓的火焰在夜空中绽放。

“咦？开始了！”

虽然烟花爆炸的地点离这边很远，但由于前方没有其他建筑物遮挡，那一团团五彩缤纷的烟花，就好像是在我们眼前绽放的。空中的烟花有时炸出花朵的形状，有时炸出动物的图案，可谓美不胜收。以前在辅导班的时候，我只觉得这些爆竹声无比吵闹，但如今身处喧嚣之地，我反而有种心潮澎湃的感觉。

“刘愿！你不觉得我长得像某个人吗？”

“什么？我听不到！哇，你快看啊！好漂亮啊。”

“我说我！你看到我之后有没有想起谁？”

“喂，这次应该轮到我问你吧？能想起谁，明星？”

“不是，你再好好想想。”

秀贤转过我的身体，让我面对着她，好看清她的脸蛋。秀贤认真的样子让我感到有些害怕，这种害怕来得很突然。鸡骨头被风吹走的场景、辅导班翘课两天的事情、和认识不到几天的人相互袒露心声的情景，甚至是不断在夜空中炸裂的烟花都让人有种不祥的预感。

“不记得了吗？我们一起吃过炸鸡啊！我还陪你一起去过卫生间呢。你说卫生间的蓝色灯光让人害怕，所以我在外面唱着歌陪你。你忘了吗？”

但秀贤所说的事情，我一点儿记忆都没有。

“我们，原本就认识吗？”

我的记忆很零碎，我有点怀疑自己的记忆力是不是出了问题。因为无论怎么想，我都想不起自己何时见过秀贤。

“要说认识也很勉强，毕竟那天见过一次之后，我们就再也没有见到过。”

我感觉秀贤好像是在试探我。刚开始的时候，秀贤的语气更像是在开玩笑，但如今她的脸上已经看不到一丝笑意了。她沉默的表情仿佛在说：“都这样了，你还想不起来吗？你是不是有些过分了？”

“我们在哪里见过？”

“炸鸡店！”

“那……那是几岁时的事情？上小学时？”

“八九岁吧，也许。”

随着嘭的一声巨响，远超之前的巨大烟花在夜空中炸裂开来，随后这些烟花再次爆裂成无数的花瓣，将漆黑的夜空渲染成五光十色的花园。不过这也只是昙花一现，烟花马上就熄灭了，原地只留下浓浓的烟雾。

“抱歉。我真的想不起来了。”

在我看来，能清晰地记起八岁时场景的人才是怪人。

“可我却一眼就认出了你。不知道是不是我爸经常提起你的关系，总之一看到你，我就觉得好熟悉。”

秀贤露出有些耐人寻味的微笑。

“你说话能不能干脆点？”

15

我向秀贤表示要先走一步，便赶紧收拾书包，站了起来。

“怎么不再吃点？”

秀贤假意挽留道。

“等等。”

秀贤叫住我，从兜里掏出了一把钥匙。

“正贤的，让我给抢过来了。”

我接过钥匙，说了句“再联系”，就逃似的离开了那里。我觉得这是当前自己能做的最好的选择。我的脑子一团乱麻，但即便如此还是在努力回想着事情的始末。

我突然觉得秀贤这个人太过阴险。一想到她之前一直装作不认识我的样子，我就感到一阵心塞和难过。这算不算有其父必有其子呢？不，我怎么能有这种想法！我对自己的想法感到憎恶，觉得这样很对不起秀贤。

我之前为什么从未关注过叔叔的家人呢？静下心来想一下，我发现秀贤其实一直都想找机会和我澄清这件事。在叫完我的名字之后，无言地朝我微笑时；跟我通电话时，总是没话找话、拖延时间时；犹豫了半天，最终只憋出一句“谢谢”时，她或许就是想要向我坦白这件事情。

另外，我们第一次见面时，她在天台大门前犹豫半晌，最终邀请我一起上天台，然后看着下方对我说过“很神奇”“很搞笑”“很有趣”。直到今日，我才明白那些话的真正含义。

我并没有乘坐电梯，而是直接走了下来。靠双脚走下二十四层阶梯，可以说是我的人生头一遭。我一边走下楼梯，一边数着阶梯数。在这期间，我还遇到了不少人，但全都是在楼道里吸烟的大叔们，而即使是无人的阶梯上也有堆满烟头的小铁盒。

闻着淡淡的烟味，我继续思考之前的事情。

莫非秀贤领我去天台也是为了让我记起她？处在秀贤的立场上，确实有这么做的理由。毕竟只有我一个人忘掉了所有，像个没事人一样过日子，这对其他人不公平，不是吗？也许对某些人来说，我本就是一个理应患有恐高症、理应抱有负罪感、理应关注叔叔周边之人的人。

走到十四层时，我突然有点好奇这次的游戏究竟是算谁赢了？话说游戏的规则是什么来着？是没有秘密可说的人认输，还是没有勇气再说出秘密的人认输？我好像两个都不是。

我原本打算和秀贤透露更重要的秘密的。但实际上呢？假如有人问我最不想把那个秘密透露给谁听，我的回答肯定是叔叔的孩子。那我是否应该庆幸自己今天的好运呢？

等我走到单元门口时，放烟花的活动早已结束。

闻着空气中残留的浓烈的火药味，我不禁感到有些窒息。

第三章

如果想要站在高处

1

我不得不思考姐姐在火焰中曾承受的那种恐惧。

睿婷姐姐失去意识的时间，对我来说很重要。姐姐的死因是窒息。其实，消防员们顺着消防云梯爬上去解救被困的居民时，姐姐还活着，她是在被送去医院的途中不幸去世的。在死去的那一刻，姐姐知不知道我已经平安无事了呢？消防员们是否告诉了她这个喜讯呢？

若是姐姐能知道她的果决成功救下了自己的妹妹该有多好！那样她的心里是否会好受一点儿呢？当然，前提是她的意识足够清醒。

我时常听人们说，死于火灾的人死了也是白死。一些口无遮拦的人，把媒体好不容易给姐姐营造出来的光辉形象说成是

“死了也无用”。然而一个人的死亡向来不都是如此吗？难道引发火灾的烟头是什么具有其他意义的火星儿，姐姐就能死而复生吗？莫非引发火灾的源头是某个人的生日蛋糕蜡烛、用来煮婴儿奶粉的燃气火焰，又或是反对政府的火炬，姐姐的死就不是“白死”了？

疼爱我的姐姐是如何想到将我从十一层扔下去的呢？是为了救我？可就算是这样，我活下来的概率同样不大啊！莫非在她看来，与其让我烧死，还不如扔下去赌一个坠楼后活下来的机会？看来我注定无法理解姐姐当时的想法。

“掉落”一词听着更像是失误造成的结果，而“扔”一词则感觉带着一种攻击倾向和暴力倾向。那么，姐姐当初究竟是不小心将我掉落下去的，还是直接将我扔下去的呢？

事实上，我也说不好自己对姐姐的记忆，究竟是从记忆深处唤醒出来的，还是根据某些条件编织出来的。

镜中飞舞着灰色的烟尘。炙热的空气仿佛要融化掉我的脸，我的影子开始像黏稠的糖浆一样融化掉。我在哭泣，因为没人会去接住姐姐。

我很难过，因为姐姐缺少一个可以从背后推她一把的人，而姐姐自己是没有勇气跳下来的。我变成一只漆黑的鸟在盯着姐姐。我扇动着翅膀，努力躲避着从十一层窗户里冒出来的浓烟，口中不断呼喊着姐姐："姐姐，这里，往这里跳。我会接住你的。"

我最大限度地张开翅膀，但想要接住姐姐无疑是痴心妄想。不好！当我认清现实时，姐姐已经跳到了我的身上。

伴随着剧烈的疼痛，我从睡梦中惊醒。可怕的噩梦令我从床上掉落到地板上，被身体压住的右臂传来一阵疼痛。可能我掉落的声响太大，妈妈推门走进来，打开了房间的灯。

"小愿，没事吧？"

"嗯。"

"这得多折腾才能从床上掉下来啊？"

妈妈扶着我重新躺下，再用力捏起了我之前一直捂着的手臂。片刻后，妈妈给我盖上被子，疼惜地帮我整理凌乱的头发，再撩到耳后。

"要不要妈陪你一起睡？"

"不要。好了，你出去吧。我要睡觉了。"

我果断地拒绝，转过身子，背对着她。妈妈站起来关上了灯。待房间陷入黑暗，我叫住妈妈问道："妈，叔叔他有女儿吗？"

妈妈仿佛在回忆，犹豫了片刻，回答说："应该是有吧……

我记得他们家好像有一个女儿和一个儿子吧。怎么突然问起这个了？”

“妈，你还记得他们的样子吗？”

“小时候见过几次。小孩子都认生，倒是没有说过话。我好像听谁说过他老婆孩子都回乡下娘家了，似乎住在海边呢。”

“南海吗？”

妈妈重新坐回我的床沿。

“不知道，忘了。怎么了？叔叔对你说了什么吗？”

“我见到叔叔的女儿了。”

即使在昏暗中，我也能看到妈妈睁大眼睛的样子。看得出妈妈听到这个消息很高兴。

“在哪里？他们复合了？”

“没有。她跟我上同一所学校，她弟弟也是。”

“天哪，真的吗？她好像跟你同岁吧？”

“嗯。”

“小愿，那你找机会带她到我们家来一趟，妈给你们做点好吃的。”

“她来过的。”

“来过？什么时候？”

妈妈显得很激动。

“是吗？那你怎么没跟妈妈说呢？”

这个问题，我没法回答。难道要告诉她我也是刚刚才知道的？

“原来是这样……小愿，你们俩要好好相处，知道吗？”

“为什么要好好相处？”

我再次转身面向墙壁，只给妈妈留下个后脑勺儿。

“我和她为什么要好好相处？我为什么要对她好？因为她是叔叔的女儿吗？因为叔叔救过我的命？要不要我也借钱给她什么的？”

妈妈保持着沉默。寂静中，只剩下妈妈均匀的呼吸声。妈妈为什么不生气呢？虽然刚才的话只是我随口乱说的，但即使在我看来也显得很没有礼貌。可为什么我面对别人时可以忍下来的怒火，面对毫无过错的妈妈却一下子爆发了出来呢？我不禁对自己的行为感到愧疚。

妈妈并没有搭话，只是默默地抚摸着我的头发。妈妈出去后，我久久不能入睡。我听到客厅里响起关灯的声音，随后从门缝里透进来的微弱光线也消失了，四周彻底陷入黑暗之中。

不知从何时起，我就有了不安时摸索自己身体的习惯。也许是从小学低年级开始的。起初，我的这种行为只是单纯地想确认自己的身体是否无恙。由于我天生就是容易产生瘀青的体质，而且相较于同龄的孩子，我对身体上出现的瘀青和疤痕表现得更加敏感。

当时，我的身体很瘦弱，尤其脖子长得极为纤细，所以班里的一个男生曾用双手掐住我的脖子，开玩笑似的说："你这脖子，我一只手就能握住。"尽管他手上的力气并不大，但他一边掐我脖子一边哈哈大笑的场景，却给我留下了很大的心理阴影，使得我生出喜欢用手遮挡脖子的习惯。

上小学四年级的时候，我也很敏锐地发现自己胸中有硬块的情况。

"妈，我胸中有硬块，摸着还挺疼的。"

面对我的大呼小叫，妈妈极力忍住羞涩的表情，叫我跟她一起去挑选胸罩。我发现自己对身体的认知程度要远高于对心理的认知程度。

良久，我的心情才平复下来。"对不起，还有谢谢你，姐姐。"我在喃喃自语中进入了梦乡。

2

今天的教室显得格外凌乱和嘈杂，大家都有可以打闹和闲聊的对象。不知为何，我总感觉今天的楼道很长。爬上阶梯，路过五班和四班门口时，我与许多同学擦肩而过，但没有一个是能打得上招呼的。不过我也有收获，那就是发现从校门口走到自己的班级需要用两百五十步。楼道是笔直的，但给我的感觉却像是绕了一大圈才走过来那样漫长。

我仿佛又回到了形单影只的样子。由于我很少走出班级，所以基本没有碰到秀贤的机会。我也没有再去天台。在我看来，赶紧解决午饭，再适当地享受一个人的清闲才是最好的选择。

“刘愿，这次考得怎么样？”

坐在我前面的同学转过身子来问道。我都不知道自己是怎么完成期末考试的。我只知道自己付出了很大的努力，为了补回之前旷课时落下的课程，我连周末都要待在辅导班，面对老师那几乎黑成锅底的脸。

“怎么了？”

你问这个干什么？我考得好不好跟你有什么关系？如果我说考得好，你会怎么回答呢？会说羡慕我吗？那羡慕之余会不会讨厌我呢？如果我回答说考得不好，你说不定就会附和地说自己也考得不好，但你不会天真地以为我说的“不好”是你认为的那种“不好”吧？这显然不可能啊。我就是考得再不好，怎么可能沦落到跟你相提并论的地步呢？除非是我脑子生锈了，否则不可能考得跟你一样吧？不知道你喜不喜欢在别人背后乱嚼舌根呢？假如你传出一句“刘愿这次考得不好”，还不知会有多少人在暗地里对我产生反感呢？

“班主任说有道题出错了，你对过答案了吗？”

“呃……哪道题？”

“韩国史的第十一道题。原本答案是 2，但题目本身就有问题，所以老师说选 5 也算正确答案。我选的就是 5。怎么样？是不是很厉害？这次的韩国史，我肯定能考个四等。哎，我平时都没怎么学习呢！”

“是吗？”

“你选的答案是什么？”

“我选的是 2。”

“哇，我俩居然都选对了！”

我急忙将卷子塞进书包里。

“是的。你能不能帮我跟老师请个假？就说我去保健室了。”

“怎么，你又头疼了？要不要我陪你一起去？”

“不用了。”

我时常和妈妈说自己一个人时最安逸，但直到我上了高中，妈妈似乎才有点认可我说的话。即便在我上初中时，妈妈看向我的眼神中也始终透着一股担忧。她唯恐我在班里遭到欺凌和排挤，还为此请班里的同学们吃了两次好吃的。第一次是汉堡包，第二次是比萨。原本她还准备第三次请他们吃炸鸡，但被我好说歹说地劝住了。看来妈妈并不清楚，现在的孩子们可不会被一两顿饭打动。再说人家又不是小学生，就算吃的时候心怀感激，吃完之后多半也会忘得一干二净，因为我本人就是这样。我交朋友比较随性，所以过了一年左右，我们就会毫不留恋地彼此疏远。

在去保健室的路上，我遇到了正贤。正贤看起来和之前没什么两样，还跟往常一样朝我摇手打招呼。可正贤和秀贤一样从头到尾将我蒙在鼓里，难道这两个姐弟一直都在暗中观察我吗？看到我经过楼道或食堂时，他们是否会像别人一样在心中评价我呢？比如原来是她啊，看着挺正常、挺开朗的啊，不过比想象中要平凡，等等。我无法想象这对姐弟在看到我时，是一副什么样的心情。

我很感激正贤率先和我打了招呼，所以难得露出一丝微笑。如果不是那帮和正贤长得差不多的朋友再一次凭空出现将他拉走，我其实挺想跟他聊一聊的。你们之前过得怎么样？有和爸爸见过面吗？如果想见到你们的爸爸，我建议你们常到我们家里来做客。我妈让我和你们好好相处，你希望我怎么对待你们呢？总之，有太多想问的话。

我躺在床上，偷看秀贤朋友们的社交账号内容。其实我也不想这样，但实在是太好奇了。秀贤如今是什么样的心态？秀贤现在会不会像我一样空虚？有没有像我在意她那样在意我？

我翻到了一张秀贤头上插着花，和朋友一起吃冰激凌的照片。照片中的她笑得很灿烂，这条信息还带着几个话题：

#用餐，领了两次，还有饭后甜点 #申秀贤 #今天也是个好天气

3

面对无灾无病、安然长大的我，老师们总会像监护人对待自己的被监护人一样，用一副欣慰的目光看向我。被他们这样盯着，我甚至感到自己从脸到脖子都要烧起来了。在我的人生中，很少再遇到像遛狗大爷那样脾气暴躁的人，大部分人都会很照顾我，而我也早已熟悉了那些关注的目光。

可问题是既然已经决定要关注我，起码也得有始有终啊，但早已了解我学习成绩的老师们一旦提及高考，对我的态度就会发生一百八十度的转变。这种态度我说不上是激励还是胁迫，又或是信任，而且他们的表情往往会透着对自己没能引导学生走上正路的失望，而这种表情在他们上课的时候是很难见到的。

未来志向：一年级（医生）/ 二年级（老师）

在上小学的时候，我的未来志向一直都是医生，毕竟年少无知。

“刘愿，你应该知道自己想要考上交通大学还得加把劲儿吧？你这次的期末考试……”

“嗯，我知道的。”

“你的成绩很稳定，但学综记录不到十页。我认为你还得多做准备，你觉得呢？刘愿，你要是再努力一点儿，担任班干部也不是不可以。那样到了三年级，你也可以试着挑战一下学生会会长的职务了。”

您这是在暗示我去顶掉金世真吗？不，世真到了三年级必然会升任学生会会长，所以她说的应该不是指学生会会长。可问题是我至今从未担任过班长，要是像我这种人当上班长，对整个班的同学来说无疑是一场灾难。

“我再考虑考虑吧。我会更加努力的。”

“嗯，要是有困难就来找老师，老师一定会想办法帮你的。”

老师一脸欣慰地鼓励我，还说她相信我可以做到，所以我要比之前更加努力。

4

叔叔又来了。

他说自己最近只有服用止痛药才能入睡。要是吃药都不管用，他就得到中医医院做针灸，还说那种“就算银针刺入皮肉中，大腿也没有知觉”的感觉很神奇。

我很好奇叔叔说这话时面带微笑的真正用意是什么。妈妈又叮嘱我快点进去睡觉，尽管我自上学以来就从未在十点以前睡过觉，这种来自妈妈的保护我不知道自己还要接受多久。

“对了，小愿，你先坐下。我前几天接到一个电话，对方说是电视台的PD[①]。”

① PD是Program Director的缩写，指韩国电视台的节目总监、监制之类的职位。

“PD 吗？”

我顿时有种不祥的预感。叔叔所说的节目，我也很熟悉。那是一档星期二晚上十二点播放的教育纪录片，主要追踪报道曾经的一些名人的近况。比如，节目会向观众们展示曾红极一时的明星、在选秀比赛中脱颖而出最终却因各种原因没能继续留在舞台上的人，以及像《世界有奇事》或《生活的达人》中的达人等上过“热搜”的人们，并介绍他们当前的生活状况。

“他们说想要了解我最近的生活状况，我就告诉他们我过得挺好的，没什么特别的。”

我的心脏开始剧烈地跳动起来，身体也像是爬上高楼天台一样恶心反胃。

“他们问我跟当初的‘被子宝宝’还有没有联系，我告诉他们你也过得很好，人长得很漂亮、很健康。你也知道当初很多国民都声援过我们，所以我认为我们有必要通过媒体展示我们现在是如何幸福生活的。”

“那您答应了吗？”

“我暂时让他们先等等看，你难道就不想跟叔叔一起上电视吗？”

我呆呆地坐在那里，不知道该如何回答。虽然知道自己越保持沉默，叔叔的底气就越大，但我实在找不出可以反驳的理由。

“我还是觉得……”

“你就是太腼腆了。小愿，做人一定要有自信，只有这样才能受到该有的礼遇。无理还争三分呢，对吧？”

“这确实是好事，但小愿最近太忙了。大哥，你也知道她现在马上就要升高三了。到了周末，她还要去辅导班听讲呢，不到十二点都回不了家。”

“是啊，如果人们突然开始关注她，她说不定就没心思学习了。”

爸爸妈妈以妨碍学习为借口，委婉地拒绝了叔叔的提议。我知道爸爸妈妈也是一时间想不出借口，所以才拿我的学习说事，而我所担心的是这种方式终究只能说明时机不对，要是叔叔以为爸爸妈妈的意思是等我上了大学之后就能参演节目，那事情就麻烦了。

“你们的担心不无道理，但人家说了他们拍摄的只是日常，所以没必要抱有太大的负担。他们要的是真实、人情味这些东西，不需要我们进行过度包装。”

如果不考虑外形条件，头一次见到叔叔的人多半会认为他是一个开朗、豪爽、单纯的人，因为他掷地有声地大谈未来时，真的很难让人分辨真假。

“事实上，我也是有私心的，觉得出演节目对我现在构思的事业有帮助。毕竟出演节目后也容易获得人们的信任，当然，这并不是目的。小愿如今长得这么漂亮，我也想让大家看看。叔叔的想法就是这样，小愿你觉得呢？”

我还得低声下气地感激叔叔多久呢？我想不出爸爸妈妈为何要如此拼命地讨好叔叔。难道不感激他，我就会消失吗？他们对叔叔有求必应是因为心中还存着有求于叔叔的事吗？这个请求是否和我有关呢？他们明知这样对自己很不公平，却又不断地说服自己这并非无法忍受的事情。可他们并不知道，这些事情对我同样是一种折磨。莫非他们是想实践一下“七十个七次宽恕”[①]吗？毕竟我的存在本身就是一笔难以偿还的巨债。

每次叔叔回去后，妈妈都会看我的脸色行事。比如带着尴尬的微笑，询问我有没有什么想吃的。而爸爸则会在一旁劝说晚上吃夜宵对身体不好，但通常都会被我无视。在我看来，只要我吃得好睡得好，妈妈就会认为我忘掉了叔叔来过的事实。

如果妈妈真的这么认为，那也算是不幸中的万幸了。可惜

① 《圣经》里提到“要饶恕别人七十个七次”。

我并非妈妈心中所想的那种单纯的傻瓜。

尽管明知一家三口怎么也吃不完，但我还是无理取闹地强行点了炸鸡、比萨、糖醋肉片等外卖。妈妈坐在后面，默默地望着我一边胡吃海塞，一边看着综艺节目哈哈大笑的场景。那一刻，我仿佛后脑勺儿长了眼睛一样，居然可以清晰地感受到妈妈脸上的表情和情绪。妈妈明显松了一口气，但对我的表现又有些担忧。

我完全可以装作不知情。我吃着、笑着，说服自己能够做到，但不同于脸上的强颜欢笑，我的体内却翻腾着冰冷的寒意。

想杀了他！好想杀了他！

我突然有点好奇，叔叔和秀贤是通过什么连接到一起的？别人通过我想起姐姐是没办法的事情；人们通过我想起当初的惨案，同样不是我能控制的事情。我成为奇迹的象征，叔叔成为善意代表的事情，虽然有些滑稽，但也算是合乎情理。唯独叔叔和秀贤之间，除了父女关系之外，我很难找出他们之间能有什么联系。

5

秀贤没有接我的电话，我给她发了一条信息，叫她赶紧来学校天台。我手握着钥匙，用其中最锋利的尖端不断刮着自己的掌心。这是我那天从秀贤手中拿到钥匙后养成的一种习惯，每次感到手掌发痒或掌心深处发痒时，我都会像这样不断地用钥匙挠掌心。

我知道自己应该去辅导班，但仍旧离开原路，在街道上徘徊许久，然后义无反顾地返回学校。我给秀贤打了电话，我们平时很少会通电话。通常我给秀贤发信息，她过了半天才会回复我；而我要是再回复她，她则会在第二天才给我发来信息。

我打开门锁，推门走上天台。也许是一个人的关系，今天的天台显得格外萧索。如果能当那天的事情没有发生过，我们是否就能像以前一样继续做好朋友呢？然而我马上意识到这或许对我是一件好事，但对秀贤无疑是极不公平的事情。

假如当初是我爸爸救下了秀贤呢？如果因为这件事情爸爸变成了英雄呢？如果成为英雄的同时，他变成了残疾人呢？如果爸爸的人品愧对英雄这个称号呢？如果我无法忍受这样的爸爸呢？如果我的家庭因此而破裂了呢？如果我的美好生活因此而变得一团糟呢？

无论怎么换位思考，我也猜不出秀贤究竟对我抱有什么样的态度。也许秀贤对我没有任何想法，而这一切只是我自己想太多的结果，毕竟秀贤是一个开朗且不拘小节的人。

这只是你自己的想法吧！我仿佛听到了自己鄙视自己的心声。

秀贤仍没有回复我的信息。我再次拨打她的电话，那边依旧是忙音。而正当我要挂断的时候，听筒中突然传来接听电话的声音。我顿时愣住，没有出声，对面也保持着沉默。

“喂，什么事？”

“你不过来啊？”

“去哪儿？”

“你没看到我发的信息吗？”

“哦，我现在确认一下。”

片刻后，秀贤开口说："我现在去不了，太远了。我们接到举报说有人把小狗扔到公园卫生间里，所以就来这里确认一下情况。一会儿还得送它们到流浪狗保护中心呢。"

"哦，这样啊。"

夕阳下，天空被染成了一片粉红。我不由得想起辅导班老师的警告：不要让一粒老鼠屎坏了一锅粥。我从小到大从未接受过这种批评，我感到很伤自尊。看来妈妈又要接到辅导班老师的投诉电话了。我不知道自己这是怎么了，我一直以为自己是一个懂事的孩子。

"你真的无所谓吗？"

秀贤没有搭话。

"我从没跟人吵过架，也没有跟人和好过。我不知道我们之前算不算吵架，要不要和好，也不知道我们和好之后能不能回到原来的那种关系……"

"对不起啊，刘愿。我现在真的有事……"

"你可以忙完了再过来，我就在这里等你。"

"要等很久的。"

"没关系，只要能在今天内过来就行。"

秀贤一时间找不出借口拒绝，只好默然不语。也有可能是我的态度太过卑微，使得她狠不下心来拒绝。电话对面显得很吵，人们闹哄哄商量的声音，以及至少十条狗争相吠叫的声音，震得我耳朵快要聋掉了。

临近下班的时间，街道上归家的人和车辆也渐渐多了起来。我站在高处，可以看到下方的车辆川流不息，几乎将整条街道堵得水泄不通。不过像我爸爸妈妈一样的人，就不存在所谓的下班时间。

那件事情过后，我们一家人虽然搬离了原来的小区，但新小区离旧小区也不过公交车两站地远。我大致能判断出爸爸妈妈这么做的原因：一来是因为他们从未在别的地方生活过，二来是因为他们放不下正在经营的饭店。总而言之，是为了生计而不得已做出的决定。

地方社区网站偶尔会出现“被子宝宝”近况的留言。前几天，我还看到有人放出曾经报道过我的新闻链接，并发帖询问孩子过得如何，下方有人留言说希望长大后的我能正直善良。

真正让我惊讶的是，有人对这条留言做了详尽的回复。大致内容是自己和我上了同一所学校，所以知道我长得和小时候没什么两样。对方还说我的性格看起来有点内向，但其他方面也还好。另外，对方表示我学习成绩很好，甚至不久前还参加比赛得了奖。总之，把我最近的生活状况告知得极为详细。要知道，我参加写生之类的比赛只是为了给自己的学生档案添上一笔“战绩”，所以自然不会引起学校方面的关注。我猜测，这个回复多半是我们班级里的某位同学留下的。只是在这位同学看来，我真的是“其他方面也还好”吗？

我很好奇对方发布这条帖子的原因，真的只是因为好奇我的生活近况吗？会不会是想了解现在的我有什么缺陷或我的生活多么艰难呢？

十二年前的报道中，经常会出现“希望”“奇迹”“光”等字眼，不难看出他们千方百计地想要从我的身上找出世间日益淡薄的某些东西。

rehabilitation

1. 康复、（残疾人等）回归社会、自力更生

2. 平反、复权、名誉的恢复

3. 复兴、重建

直到天色昏暗，看不清生词本上的单词，我也没能等来秀贤。过分，太过分了。我咬着嘴唇，愤愤不平。

约定的时间过了很久，秀贤也没有过来。正当我失去耐心，磨磨蹭蹭地挎上书包，打算回去的时候，天台大门猛地被

人推开。

“等很久了？”

“嗯。”

“我也没办法，这已经是我能赶来的最快速度了。就因为你说要等我，我送完小狗就急忙赶了过来。整整两个小时啊！我换了两趟地铁，全程站着过来的。”

“所以你说这些是想让我感激你？”

我开了个玩笑，试图缓解一下气氛。秀贤一脸无所谓地耸了耸肩。看着她满脸通红、气喘吁吁的样子，我知道她全力赶来的话应该是真的。我为什么要说得这么刻薄呢？我的本意并不是这样的啊！我不断地攥紧拳头又松开，不知道该怎么开口。这时，秀贤突然像想起什么一样，从手机里翻出一张照片，伸到我的面前。照片上是一条蜷缩在移动式宠物笼角落里的小狗。瘦巴巴的，眼角还带着眼屎，一看就像是营养不良的样子。

“就是它，怎么样？很可爱吧？”

“没有你就没人能做这些了？”

“还真没有。如果不是我妈不答应，我就直接带到自己家里了。起初它叫得很厉害，可一装到宠物笼里，马上就不叫了，仿佛不想让我为难一样。你说神不神奇？我偶尔能遇到这样的小家伙，它们的眼神里透着一股忧伤。即使被带到流浪狗保护中心，它们也不会对陌生的场景产生戒备，而是仿佛很了解流程一般，乖乖地跟过来。”

我觉得秀贤的表现过于夸张了。说实话，她所热衷的那些东西，很难让我产生共情。我知道她做的并没有错，但需要关爱的难道只有这些小狗吗?

像我们这种人。像过去的我们、现在的我们及未来的我们，不也有一大堆问题等着解决吗?

“等你的时候，我一直想要梳理心中的头绪，但没能成功。老实说，我有点生气。你终归是欺骗了我，可我没想过让你道歉。哦……你嘛，说不定会想让我道歉。如果你需要，我愿意向你道歉。”

“道什么歉？”

秀贤的表情显得很疲惫，很无聊。我很难从她惯有的扑克脸上看出什么。

“你知道的。”

“你是说你被我爸爸救下来的事情？你想要跟我道歉的就是这个？”

亲耳从秀贤口中听到这句话让我感到很难受，感觉自己像是被无法撕毁的协议拴住了脖子，永远无法摆脱它的阴影。

“你怎么会想到要告诉我的？”

“没怎么，只是不想一直欺骗你。”

我很好奇当初秀贤是不是故意接近我的，可是这对她又有什么好处呢？

“不，我从头到尾就没想过要骗你。再说，我们刚见面就说那些话也太奇怪了吧？难道我要说，啊，你认识申晋锡吗？我是她女儿啊，不过我们现在不在一起生活啦，你说搞不搞笑？”

“我们那天在天台上见面是偶然吗？”

秀贤仔细回味了一番我说的话，不由得瞪大了眼睛。

“我想你误会了，那当然是偶然的。那天之后，我为了躲着你都没去天台，还是你自己到我们班里来找我的，你忘了吗？”

我当然记得。

“我之所以告诉你，是因为你早晚都会知道，到时候说不定就更尴尬了。”

“真的只是这样吗？没有别的什么吧？”

“我能有什么意图，难道你认为我接近你是为了报复你？你当是拍电影呢！要报复，我会光明正大地报复，所以绝对没有其他的意图。如果以后有了，我会告诉你的，我保证。”

紧张的感觉一退去，我顿时感觉四肢有些发软，不由得抱住秀贤的身体。秀贤啐了一声“搞什么”，却也顺势搂住了我。

6

不知是不是经历过一次的关系，我已经能够坦然地和正贤提及叔叔。正贤之前不时地给我发来信息，但都被我给无视了。因为在我看来，尚未解决自己与秀贤的问题之前与正贤见面是一种“犯规”的行为。虽然我认为在小超市外的桌子上谈论这些话题未免太过随意，但正贤的脸上同样看不出哪怕一丝情绪波动。毕竟正贤早在入学之前就知道我在这所学校上学的事，而且按他的话来说，秀贤也提前给他打过预防针，叮嘱他即使在学校见到我也要装作不认识的样子。

“那天在天台上见到我，你肯定吓了一跳吧？”

“是有点被吓到了，不过之前我就猜到早晚会有这一出，因为姐姐很早以前就开始关注你了。”

“是吗？在家里秀贤也会和你提起我的事情？”

我很好奇秀贤和正贤姐弟俩在一起时，会谈论哪些关于我的事情。事实上，我早就半推半就地将自己和秀贤第一次见面的过程，还有得知秀贤是叔叔女儿的事情讲给了妈妈听。在这期间，妈妈不住地发出惊叹，连呼这是命运的安排。后来，等爸爸洗完脚出来，她又将我说的话原封不动地说给了爸爸听。

“我们在家里不怎么说话的。”正贤淡淡地回了一句，又将剩下的方便面汤喝了个干净。他喜欢喝汤的样子与我脑海中叔叔的形象重叠在了一起。

虽然只是无意识中的想法，但我还是觉得有些对不起正贤。

有时很突然地，我的脑海里会闪过对姐姐的一些陌生记忆，然而这些画面总是与身边人对姐姐的评价背道而驰。

记得以前我们楼下一层有一个小孩，名字好像是叫程宇还是程浩，总之是一个十分惹人厌的“熊孩子”。小时候，我们在外面玩耍时，他的妈妈经常会从阳台窗户递给他面包和酸奶等零食，惹得我们一帮小朋友很是羡慕。不过那个小男孩经常往我衣服里塞沙子，弄得我每次回家一脱下衣服，内衣和袜子里都能翻出沙子来。

我不止一次生气地想要推开他，但奈何力气没有对方大，每次都是无功而返。有一次，我看到姐姐坐在游乐场的长椅上，就走过去让她帮我抖掉身上的沙子。姐姐虽然细心地抖掉了我身上的沙子，内衣深处里的那种“沙沙”的触感却怎么也去不掉。不过我毕竟还是小孩子，哭哭啼啼地闹了一阵就忘记了这种不适，又跑过去继续玩滑梯。我爬上滑梯的顶端，叫着姐姐，让姐姐在下面接住我，但无论我怎么叫她，她都没有理我。

“姐姐，姐姐！”

至今，我依然记得自己当时呼唤她的场景。

我看到姐姐用手指着坐在滑梯顶端的我，对那个男孩子说着什么，随后她俯下身子，捡起一把沙子，塞进那个男孩的衣服里。那个孩子惊得大呼小叫，但姐姐依然不管不顾地继续往对方的衣服里塞沙子。我虽然很高兴姐姐能替我教训那个男孩子，但也有些害怕男孩子的妈妈从窗户里看到这一幕后会跑出来和姐姐发生争执，毕竟姐姐的力气肯定没有男孩子妈妈的力气大。

那个时候姐姐的表情显得很凶恶，很犀利。

此事过后，那个叫程宇还是程浩的孩子见到我都会绕着走。只要一看到我，他都会偷偷打量我的身后，唯恐我姐姐一起跟过来。只有确认姐姐坐在长椅上，他才会放心地和其他小朋友玩耍。不过从他那夸张的说话声和笑声中，我明显能感受得出一种叫作“心虚”的情绪。我也不知道这段记忆为何会如此清晰。

莫非世上只有我一个人知道姐姐泼辣的一面吗？我不由得猜测自己内心潜藏的暴戾和偏激是否也是源于姐姐。就如同姐姐亲吻我掌心和头发的那种时而清晰时而梦幻的记忆一样……

7

我看到申雅姐姐站在公交车站前等着我，那松垮垮的连衣裙和不施粉黛的脸，让我感到有些陌生。

“你剪头发了？挺适合你的。”

“小律总是抓住我的头发塞进自己嘴里，而且打理起来也怪麻烦的。”

“喏，送你的礼物。你上次不是说过喜欢这位作家吗？还抱怨说他的译本太少，我看到他出了新书就给你买了一本。”

“这你都记得啊？谢啦。”

姐姐用手抚摸着书的封面，欣喜之情溢于言表。

“小律出生后，我都没时间看书了。虽然想过要看，但总是抽不出时间。”

申雅姐姐的神色略显疲惫，但整体的气色还算不错。至少比我猜测的要好不少。当然，不排除我看到的只是姐姐想让我看到的。姐姐的家很干净，以前常听姐姐抱怨说家务怎么做都做不完，而且付出永远低于回报，但现在看到的屋子明显要比那个时候看到的更加整洁。想必应该是姐姐担心孩子的健康，所以变得比以前更勤快了。

“你好呀，还是第一次看你睁眼呢，长得真像你妈妈。”

“是吧？可她爸爸还死皮赖脸地说宝宝长得像他。”

“名字定了没有？”

“嗯，是单名，金律。就是有些担心平时叫着比较麻烦，你认为呢？”

“我的名字也是一样，念一次别人很难听清。去医院挂号的时候，念两三遍是常事；考试的时候，答题卡姓名栏里比别人少一个字，监考老师少不得要询问一次。其他方面都还好。”

“那我就放心了，你的名字还是睿婷起的呢。你也知道吧？”

“知道。”

“毕竟睿婷盼了你好久。记得好像从幼儿园开始就一直盼你早点出现，所以执意要用愿望的‘愿’字作为你的名字。”

我不由得想起家中照片里清一色短发形象的姐姐。姐姐去世前一周参加了儿童文集发表会，她当时抱着我拍了一张照片，照片中的她也是短发，甚至说是超短发也不为过。另外，听说我上幼儿园后，都是姐姐去接我放学的，所以她经常会被人当作是我的妈妈。莫非姐姐一直剪短头发也是出于我的缘故？

聊了一阵家长里短，申雅姐姐就问我暑假是怎么过的。我告诉她和高一时没什么两样。和妈妈一样，申雅姐姐对我没有朋友的情况也知根知底，所以很少会在我面前提起关于朋友的事情。

“最近也是一周七天都上辅导班吗？”申雅姐姐一边给宝宝喂奶一边问道。

“明知故问，不过最近周六至少会找朋友玩一会儿。”

“什么情况？”

姐姐似乎对这件事情很好奇。

“我们会专门去一些别人去不了的地方。另外，她经常要去参加志愿活动，所以我有时也会跟着去。我感觉自己都成她的经纪人了。”

虽然能帮得上秀贤的事情并不多，但我依然堂而皇之地给自己冠上了她的经纪人的头衔。

“真的吗？那不错啊。没想到你还有这样的好朋友。”

“她很特别，我也是头一次遇到这样的人。她虽然对学习没多少兴趣，但很关注各种社会问题。”

“那应该对你很有帮助。从你的只言片语中，我就能看出她是一个善良的孩子。经常和这样的人相处，你也会自然而然地受到她的影响。”

是吗？我有受到秀贤的影响吗？可我和她交好，并不是想从她那里获得什么。我很想这么告诉申雅姐姐。

“你们是怎么认识的？”

“我平时经常去天台，那里算是我的一个‘秘密基地’吧。不过我们学校的天台上着锁，所以我一直没法上去，只能在阶梯那里待着。直到有一天，她旁若无人地走上来，直接打开了天台大门，还和我说想进就进来。你说她怎么好意思呢？！那里又不是她的家。”

申雅姐姐抱起小律，轻拍着她的后背，饶有兴致地听我发牢骚。我马上意识到自己刚才的表现完全和刚交到朋友的幼儿园小朋友没什么两样，高昂的声音充满着骄傲和自豪。

以前，大部分的新鲜事物，我都是和申雅姐姐一起体验的。比如第一次看电影是申雅姐姐带我去的；第一次买手机，也是申雅姐姐帮忙挑选的；就连第一次打耳洞，旁边也有申雅姐姐陪着。但自从申雅姐姐怀孕之后，我就很少再见到她了。

往后的日子里，申雅姐姐肯定要拿出更多的时间来陪小律。

“刘愿，你长大了。以前只知道跟在姐姐的屁股后面，现在都知道交朋友了。看到你这样，姐姐总算放心了。”

小律打出了一个细长的嗝儿。

“以前的我让你担心了？”

“那当然。以前的你可一点儿都不让人省心，我可是天天为你祈祷呢。”

申雅姐姐开始和我炫耀小律睡得有多好，吃得有多好，打嗝儿有多好之类的事情。我一直犹豫自己该不该附和，结果不小心错过了时机。看来以后，我们各自显摆的内容也会变得不一样了。虽然很难附和申雅姐姐的炫耀，但小律真的是太可爱了。

姐姐和申雅姐姐是从幼儿园开始成为闺密的。由于申雅姐姐的父母要经常加班，所以妈妈通常会将她和姐姐叫到食堂吃晚饭、写作业，然后再送她回家。如果有一天因为有事没能见面，她们都能捧着电话聊上好几个小时。

用妈妈的话来说就是情同手足、相交莫逆。

“我去给奶瓶消一下毒，你帮我看着点小律。”

在申雅姐姐去厨房的时候，我一个人陪着小律。刚出生四个月的宝宝比我预想中更像个小人儿，而且好奇心也重。

明知道自己头重身子轻，总是会向后摔倒，但你为什么总想坐着呢？你这样我就得一直盯着你，怕你倒下去会磕到碰到。你看看你妈妈，因为你，她都没能睡好觉，整个人都瘦了多少斤了！你总是动弹，我们都没办法开小差了。如果我是你，肯定会能躺多久就躺多久。为了让妈妈多休息一会儿，我说不定还会装出睡着的样子。人们都说我后脑勺儿扁平是小时候乖巧的证据。如果我是你，我每天只会喝三次奶，而且不是什么大事情就决不哭泣。你妈妈以后一辈子都要为你操心，所以你现在要少折腾、少生病，知道吗？因为我也会这样。

面对面前的小人儿，或者说一个刚出生的小生命，我如此傲娇地想道。

你妈妈以前可疼我了，但我以后要更疼你。就算你没有朋友，或者不是个好孩子，我也会一直陪伴你。

小律一脸迷糊地打量了我片刻，然后发现我不是自己的妈妈就开始哭闹起来。申雅姐姐在厨房里喊了一声："你赶紧托着她的脖子抱抱她。"我顿时手忙脚乱地托着小律的脖子抱起了她。她的身体很温暖。我抱着小律在各个房间之间转来转去。

如果姐姐还在会是什么样的呢？二十九岁的她会过着什么

样的人生呢？不知为何，我总觉得姐姐此时应该还没结婚，依然胸怀大志，奋斗在工作岗位上。

当然，这只是一种可能，毕竟时间过了这么久。说不定姐姐选婚纱的时候，我就在一旁候着。不，姐姐极有可能没有选择那种典型的西方婚礼。也许她会租一幢漂亮的别墅，然后叫来亲朋好友们，开一个婚礼派对也说不准。之后，姐姐应该就会离开家，在一个两室一厅的新房里与丈夫过上幸福的新婚生活。

如果姐姐生下像小律一样可爱的宝宝，我也会成为宝宝的小姨。一个时不时帮忙照看外甥女的小姨，一个给外甥女更换尿不湿的小姨，一个学会冲奶粉给外甥女喝的小姨，一个逛街时看到漂亮的小孩衣服就忍不住要买来给外甥女穿的小姨，一个喜欢给外甥女拍照的小姨，以及一个除了妈妈之外最值得依赖的小姨。

申雅姐姐往小律嘴里塞了个奶嘴后，她立马就停止了哭泣。

“申雅姐姐，你会经常想我姐姐吗？”

“我发现你最近好像对睿婷的事情挺关心的啊？”

闻言，申雅姐姐的面容仿佛打开了开关一样，一下子变得神采奕奕。

我感到自己的耐心已经到了极限，便急忙站了起来向申雅姐姐提出道别。

“你这就要走了？怎么不吃完饭再走？”

“我和朋友约好了，而且也不饿，今天吃得有点晚。”

“可你好不容易来一趟，连饭都不吃就走，姐姐的心里很不是滋味。”

申雅姐姐是真的觉得很遗憾，但我装作体谅对方一般劝道：“别放在心上，以后有的是机会。”

申雅姐姐不满地白了我一眼，朝我点点头说：“哎，你先等等。”

她回到房间拿出什么东西塞到我的手里。我接过来一看，发现是一张从未见过的照片。

“你帮我转交给妈妈，她看到一定会很高兴。”

我不解地点了点头，小心地把照片收进书包里。

“小律，小姨要走了，拜拜。”

小律被申雅姐姐抱在怀中淡淡地看了我一眼，便马上扭过头去。

我深切地体会到自己在申雅姐姐和小律面前踏入了一个从未接触过的崭新领域。

8

我为什么没想到这一天的到来呢？不说秀贤，我起码得观察一下身边的情况啊。真是该死，我怎么就忘记叔叔始终徘徊在我身边的事情呢！要知道一旦有需要，他是绝对会出现在我面前的。

不出意外，叔叔和秀贤在我家楼下相遇时，一眼就认出了对方。秀贤直接不悦地皱起眉头，丝毫不顾及我这个外人在场。那种毫不掩饰的厌恶，很难想象曾经的她是一个从小在叔叔的淫威下长大的小孩。相比之下，我感觉叔叔反而比秀贤更加紧张。虽然叔叔正在慢慢地向我们走来，但他那躲闪的眼神告诉我，他其实比我们更想逃离这里。

“你们，怎么会……”

“我们上同一所学校。”

然而未等话音落下，秀贤就拿胳膊肘顶了顶我，不悦的眼神仿佛在责怪我说了不该说的话。我感到很纳闷儿，不禁怀疑自己是不是真的做错了什么。可我们都穿着相同的校服，即使我不说，叔叔也能一眼看穿啊。我虽然觉得秀贤有些小题大做了，但一想到世上居然存在比自己还讨厌叔叔的人，我就感到有些莫名的兴奋。

“现在我爸爸妈妈可能不在家。”

“哦，嗯……我看他们俩都不接电话，所以过来看看。”

现在是晚饭时间，也是爸爸妈妈正忙碌的时候。而明知这一点的叔叔在这个时间点来到我们家中，说明他肯定急需用钱，甚至来不及等爸爸妈妈下班。尽管感到很恶心，但我不好在秀贤面前表露出来。这是对秀贤的基本尊重。再说，她此时早就在咬牙切齿地看着叔叔了。

“你怎么来这里了？”

“好几年没见了，你就这么和爸爸说话？不会先打个招呼吗？”

叔叔开始摆起了架子。以前在我面前，他摆的是一个开朗直爽的大人架子；而现在在秀贤面前，他摆的是一个严肃稳重的父亲架子。我有些哭笑不得，但秀贤却直接噗地笑出了声。

显然她也对叔叔的表现感到很无语。

“你不会是一直都到她们家里来要钱吧？刘愿，你这买命钱也太贵了吧？怎么不跟他商量一下，说不定能打个折啊！”

我感觉自己也在跟着挨训，于是便站在一旁不敢再搭话。不过买命钱是什么话。我一直敢想不敢说的事情，秀贤居然能毫无顾忌地讲出来。叔叔似乎也被自己女儿犀利的言辞和攻击性的态度给吓住了，一时间也没有进行反驳。

“叔叔，等爸爸回来我会告诉他你来过了。”

“知道了，那就下次再说。秀贤你跟我来一下。”

“干什么?！我跟你没话说。”

“让你过来就过来。”

看到秀贤戳在原地瞪着自己，不见一丝挪动脚步的迹象，叔叔便一瘸一拐地走过来，一把拉住秀贤的手臂。没等我阻拦，秀贤没有反抗地被叔叔拖走了。

“叔叔，叔叔！”

这时，秀贤突然用挂在肩上的书包甩在叔叔的后脑勺上。秀贤的书包里没有装多少东西，所以被击中也不会很疼，但叔叔似乎被这一举动给吓了一跳，不由得松开了秀贤的手臂。我惊愕地用手捂住嘴巴，站在一旁不敢靠近也不敢走开。

“我说过了跟你没话说！请你不要再骚扰我！也不要再打

扰我们的生活！”

秀贤耸动着肩膀，气急败坏地吼道。经过小区的人们纷纷好奇地看过来。

“很丢人！因为你，我连喘气都觉得丢人，知道吗？所以你不要再来找她了！另外，我提醒你一句，我和妈妈还有正贤现在过得很好，所以别想着再回来插一脚。我不是在说笑，我们真的过得很幸福，所以不要再想着来找我们。知道了吗？”

说罢，秀贤就拉着我的胳膊，朝电梯走去。我稀里糊涂地被秀贤拖着走，在这期间忍不住回头看了一眼。叔叔站在原地，怔怔地望着我们。在乘坐电梯之前，我还是朝着叔叔点点头，算是打了招呼。

“你可真会迁就他。”

“你们真的是好几年没见面了吗？”

“差不多有三四年吧。”

“你没事吧？”

秀贤回了我一个明知故问的眼神，随后拉着我的手按在她的胸口。我能感受到秀贤的心在扑通扑通地剧烈跳动着。

“你……不会是要死了吧？”

“啊！差点没吓死我。”秀贤的脸红得发烫。可能是真的被吓到的缘故，她居然会一反常态地粗声大喊。

“水，快给我水！”

开门后，我径直朝冰箱跑过去，倒了一杯凉水，然后像进献给国王一样，跪着单膝端给秀贤。秀贤也不客气，直接咕嘟咕嘟一口气喝光了一整杯水。

“真扫兴，我们吃点辣的吧。”

我用外卖 app 点了一份辣年糕条、一份鱼肉丸子及一份金枪鱼饭团。辣年糕条吃多了伤胃，所以换作是平时，我是很少吃的。

这时，秀贤在一旁问道：“你还有多少钱？”

“干什么？”

“就是想知道你的财力够不够再点一份虾卷。”

我掏出钱包数了数里面的余额。

“够了，给你点吧。”

“知道虾卷比红薯卷和紫菜卷贵五百韩元吧？”

“这个自然。”

“老板大气！”

我们尽情地吃着虾卷。至于年糕条我喜欢蘸汤水或蘸酱油吃，但秀贤更喜欢干吃，还说这样能品尝到食物本来的味道。

老实说，我头一次一天内花光一周的零花钱。这一点我原本想告诉秀贤的，但想想还是算了。事实上，哪怕之前没有朋友也没有让我感到多丢人，但对于这种拿一些鸡毛蒜皮的小事斤斤计较的行为，却会让我感到很不好意思。

我始终认为我们很成熟。虽然不知道什么是成熟，但只要和秀贤在一块儿，我就不会觉得不好意思。不过与此同时，我也感受到了一阵悲伤。虽说悲伤这种情绪，我既没听别人讲过也没向别人坦露过，但此时从心底里涌出来的这种感受，我却莫名地认为它应该就是所谓的悲伤。

“要不我今天就睡你家里吧？”当我们扶着吃撑的肚子躺在地上喘粗气时，秀贤突然开口说道，“毕竟明天是星期六嘛。”

这种问题是可以这么轻易决定的吗？如果秀贤睡在我们家里，我是否得跟她睡同一张床？我并不清楚别人是怎么招待朋友的。我的床并不大，勉强能容得下两个人睡，而且除了妈妈之外也没有人躺过，所以有可能会让我感到不舒服。可我又觉得不应该让秀贤打地铺，另一方面，我已经在默默地考虑该借给秀贤什么衣服穿。

“你爸妈什么时候回来？”

“差不多该回来了，可你……你真不用和家里打招呼吗？”

“哦。我要是说在朋友家里睡，我妈从来不会反对。”

妈妈对秀贤很热情。庆幸的是妈妈并没有我想象的那样对秀贤过度寒暄，而只是单纯地重复了几句“好好睡”和“晚安”。

我们并肩躺在狭窄的单人床上。我睡觉时喜欢卷被子，所以妈妈专门给秀贤准备了另一床被子。此外，妈妈还给秀贤拿了一套洗漱用具。秀贤表示下次来了还要用，并用签名笔在牙刷上写下自己的名字，然后再缠上了几层透明胶带，以免上面的字迹被水冲掉。

“我睡不着。”

“是吗？我感觉马上就要睡着了。”

秀贤漫不经心地回应道。

“都怪你，你的喘息声太大了。”

“所以，你想让我下去打地铺？”

“那倒不至于。”

“那就安静点。你或许会对这种感觉很陌生，但跟朋友一起睡觉就是这样。你得忍受她的喘气声、梦话，还有臭屁味儿。”

说着说着，秀贤自己就先笑了出来。我听着也忍不住跟着笑出声来。东拉西扯聊了一会儿，我开始有了一点儿困意。

这时，秀贤突然开口道：“他原本就是这样的人。”

“什么？”

“我爸那个人。虽说那件事情过后，他变得更加龌龊，但其实他原本就是这样的人。一旦抓住别人的小辫子就进行敲诈、勒索，直到对方再也榨不出一点儿油水为止。那天你只是很倒霉地掉到我爸头上罢了。那天过后，我们家难得过上了一段好日子。虽然不是很清楚，但当时的捐款应该有好几千万韩元。那段时期，炸鸡什么的我想吃就吃，最后都快吃腻了。只不过本性难移，我爸仍然做着一朝暴富的美梦，结果最后连本钱都搭了进去。”

叔叔虽然一穷二白，还是个残疾之身，但无论受到什么挫折都不会屈服。曾经我在秀贤家的炸鸡店听到有客人指着叔叔说“这是难得一见的好人”，之后我立马用爸爸的手机搜索了一下“好人”是什么意思。

好人是指有善心、宽厚待人的人。叔叔是我的恩人，是勇敢的见义勇为好市民，同时也是银井洞的英雄。那时，我感到很羞愧、很不安。

“我都替他感到害臊。当时在我看来，爸爸的行为和乞讨没什么两样。现在看来，他哪里是在乞讨，根本就是在胁迫、敲诈。我认为每个人的忍耐都是有限度的。不过我爸可能感受不到这些。无论是羞耻、愧疚，还是愤怒，最终都要由妈妈和我，还有正贤来承受。”

“你就没恨过我吗？你想想，一个原本健康的爸爸一下子变成了残疾人，你该有多恨造成这一切的元凶。换成是我，我也会这么想。”

“其实，因为这件事情，我们才能和我爸分开过日子。只能说一饮一啄皆有定数吧。单单这一点，我就该感激你。因为这让我活得更像个人。”

眼睛熟悉黑暗之后，我已经能模糊地看到房间里事物的轮廓了。我扭头看向秀贤，即使是在黑暗中，她的眼睛也在闪闪发亮。

“早上起来打算干什么？”

“我要一直睡到中午。”

“好主意。”

我将脑袋靠在原本最该憎恨我的人的肩上，缓缓地进入了梦乡。这种感觉让我很安心。

9

秀贤回去后，我从妈妈那里听到了一个令我难以置信的消息。那就是叔叔带着PD，来到了我们家饭店。

叔叔不断地劝说爸爸妈妈，称拍摄过程没什么困难的事情，不要有负担，还说只要呈现自己真实的一面，电视机前的观众们就会被“被子宝宝”和“见义勇为好市民”之间的真挚情感所打动。

“叔叔说只要拍摄一周就够了。这次叔叔是主角，所以你只要稍微露下脸就可以了。妈妈也不喜欢上电视，但听说这个节目是在午夜播出，所以观看的人并不多。你看只有叔叔再重新振作起来，我们的心里才能好过不是？再说不帮忙，于情于理也说不过去啊……”

我有点佩服自己居然能耐着性子听完这种不着边际的话，还没有进行反驳。

10

我的成绩下滑，秀贤也有不可推卸的责任。毕竟在认识秀贤之后，我的生活开始变得复杂起来。我虽然摆脱了单调的日常，尝试了很多新奇的事物，但学习时间也因此减少了许多。我一直觉得自己的成绩不会因一时努力而一下子蹿升，也不会因一时的松懈而一下子跌落，但显然我对自己的实力太自信了。

我和秀贤抱怨说这次成绩下滑都怪她带着我到处玩，结果惹来一顿白眼。我没想到秀贤会是这种反应。尽管不愿意承认，但我有点怀疑自己是不是很爱撒娇。不过抱怨了一通之后，我的心情倒是好了不少。

在我被辅导班拴牢的同时，秀贤则开始攻占其他地方的天台。

那是一处商业建筑的天台，上面还有一个巨大的广告气球被拴在墙角。这个巨大的红色气球很耀眼，隔得很远看，就像是一颗冉冉升起的太阳。

“SSADA 大卖场九月三十一日盛大开业！”

“九月只有三十天啊！为什么要说开业日期是三十一日呢？”

看来有人犯下了十分低级的错误，但这件事暂时只有我们两个人知道。我们想象世界上说不定会有连我们也不知道的一天，而这一天中说不定会有另一个我们也不知道的自己。

“你说把那条绳子绑在我身上，我能不能飞起来呢？”

“你的‘脑洞’可真大。”

一想到被气球吊在高空中，我就吓得两腿发软。如今我已经不像之前那样不敢从高处往下看了，但仍需要很大的勇气。

“你可能不知道，你爸爸以前和我说过很多关于你的话。他说看到我就会想起你，而且觉得亏欠你太多。另外，他还说担心你讨厌他，所以一直都不敢去找你。”

事实上，叔叔从未在我们面前提过自己的家人。这一点我也觉得很奇怪。放到十几年前，他还在媒体面前透露说自己也有个女儿，所以面对求他接住宝宝的呼喊时无法做到视而不见。可正如我刚才所说，见到我他应该会想到秀贤才是。更何况叔叔原本就心直口快，所以更让我好奇为什么之前从未听他说过关于秀贤和正贤的事情。

“过年和中秋节的时候，他总是会到我们家串门，一般都是长假最后一天的晚上。”

我最讨厌的就是这个，逢年过节我都会变得提心吊胆。我宁愿叔叔能早点过来，然后赶紧打发掉有他在的这段时间。

秀贤默默地听着我的话，眼神却渐渐冷了下来。我躲闪着她的目光，继续说道：“我感觉他很想念家人。我不知道你会怎么想，也知道自己有些僭越了，但叔叔真的……”

“你为什么要说这些？”秀贤摇了摇头，“够了，你以为自己很了解我爸？”

我感觉秀贤其实是想确认这件事，而并非要和我争吵。

我忍不住继续说：“叔叔真的很关心我。有时候，我会想我真的可以接受这些吗？这些不应该由他的女儿接受吗？尽管我当时连你的名字都不知道，但我感到很愧疚，因为觉得自己好像抢了原本应该属于你的东西。”

我感觉自己就是在演戏。我说得很慢，装出一副自己很照顾秀贤的情绪，但又不得不说的样子。而说着说着，我突然感觉自己也许就是唯一能解开他们父女间误会的人，于是越说越起劲，越说越离谱。我甚至开始猜测叔叔其实很想念秀贤和正贤，他装腔作势的行为也是为了隐藏自己内心的柔弱；同样，自不量力地尝试创业和总是找爸爸妈妈借钱的行为说不定也是为了发财致富，好有机会再见到秀贤和正贤。毕竟他们是叔叔的亲生骨肉。

“我爸真的说过那些话？”秀贤嘲讽地看着我，“你知道我爸最大的缺点是什么吗？就是他连家人都骗。他很会演戏，每次都骗我们说这次很有希望，接下来的日子会更好。我宁愿他动手打我，这样我就有理由憎恨他了。”

我发现自己不知不觉间将秀贤推到了悬崖边上，此时的她显得有些岌岌可危。

“接受采访的那天，他显得很高兴。我们被要求将关于爸爸的报道剪下来贴到房间里，就连卫生间的墙壁上也贴着那些报道，所以我连上厕所时也要面对着它们。义士申晋锡怎么怎么样，义士申晋锡怎么怎么样……每次人们抬高爸爸，我都会感到十分不安。这次是真的吗？我真的可以信任他吗？”

秀贤的神情犹如一个落水之人抓着一根救命稻草在挣扎。

“想要承认爸爸是一个坏蛋，并不是一件容易的事情。因为我总是会忍不住为爸爸的各种行为找借口。我不断地说服自己，爸爸也是有苦衷的。他现在这样是因为小时候缺少父爱；

是因为之前没有享受过美好生活；是因为头一次成为某些人的恩人，头一次受到英雄般的待遇，所以才会沉浸在虚荣中，至今无法摆脱出来。总之，我总是会忍不住将爸爸视为一个可怜的人。”

秀贤的努力确实值得褒奖。

“不过我已经明白，他就是一个彻头彻尾的坏蛋，他的存在对这个世界来说有害而无益。无论是对你还是对我，他这个人是不会轻易改变的。我们要学会放手。我要活出和他不一样的人生，所以你也不要轻视我的努力。”

秀贤话中的叔叔卑鄙、无耻，不能让家人们依赖，却反过来还要家人们安慰和激励他，以及一次次给家人希望后，又一次次摧毁所有希望，这一切早已让秀贤伤透了心。

我感到有些对不起秀贤，我知道她其实不愿意对我说这些话。我不由得想起了她一直以来参加的那些志愿活动。如今，我总算明白了她这么做的用意。

“对于他，我比你研究得更深刻。说来说去其实就是几个问题，他究竟是一个什么样的人？究竟是什么样的人才能坏到这种程度？我为什么看不到他的另一面呢？他为什么不能像其他孩子的爸爸那样挺直腰杆活着呢？他为什么一定要靠剥削别人来活着呢？我也很好奇他究竟是怎么想的。他当初其实是糊里糊涂救下你的，结果成为别人眼中的英雄。如果那天他没有救下你，说不定对他的人生来说反而是一件好事。”

可那样死的就是我了。尽管秀贤的话很残忍，但我无法对她生气。事实上，真正应该生气的人是秀贤。这一刻我终于明白，正如秀贤曾经一直容忍着叔叔一样，之前她同样也容忍着我的存在。

不过可以确定的是，无论别人怎么想怎么说，至少我本人没资格说叔叔当初的行为是“糊里糊涂”做出来的。因为叔叔在那短暂的时间里舍弃了很多属于自己的东西。为了接住从十一层掉落下来的孩子，叔叔失去了健康的大腿。

哪怕叔叔当时有一丝犹豫，我也会直接摔落在冰冷、坚硬的水泥地面上当场惨死。

11

有很长一段时间，秀贤都没有再接我的电话，我有些担心她以后真的不理我了。

一直以来，我都在寻找能够让自己放下心中包袱的办法。我由衷地希望叔叔能够早日康复，而且是身心上的完全康复。我希望他不再四处漂泊，而想要实现这一点，首先得有一个温馨、安乐的家。我希望叔叔能够吃得好、穿得好，还能拥有一份正经的工作。另外，叔叔可能还需要家人们的陪伴。因为家人能够让他背负起身为家长的责任，同时也能成为他奋斗下去的动力。我一直认为叔叔是因为缺乏努力，所以才无法回到家人身边的。

对于自己替叔叔辩解而伤害到秀贤这件事，我一直采取回避的态度。

也许我心中比较希望叔叔不是那种坏得无可救药的人吧。他的腿或许治不好，但他的人生应该能变得更好。这便是我当时的想法。因为只有这样我才能放下心中的包袱，活得更安心，即使不怎么照顾叔叔，内心也不用再自责。每次见到叔叔一瘸一拐地走路，我就感到自己的人生也是歪斜的。于是我极度盼望着某些不切实际的东西，哪怕它们对秀贤极度不公平。

事实上，在说这些话的过程中，我就已经意识到自己是错的，而且犯下的错误都是别人不会轻易犯下的。假如换成世真，她肯定不会犯这样的错。无论是申雅姐姐，还是秀贤，又或是正贤，甚至睿婷姐姐，都不可能犯下这样低级的错误。而这也意味着他们每一个人都比我强，这种推论让我陷入了深深的绝望之中。

12

在接到我的电话后，申雅姐姐没有询问缘由就过来找我。我们都不怎么饿，所以决定到姐姐家附近的公园走一走。坐在树荫下的长椅上，我们无言地望着对面的小湖。

“多亏了你，我才能出来兜兜风，不过你的心情好像不是很好。前几天，你不是跟我说交到了一个朋友吗？怎么不去给人家当经纪人了？”

“我又搞砸了呗。”

“吵架了和好不就行了。等你们和好了，找机会让我认识一下，我也很好奇她是一个什么样的人。”

我掏出手机，翻出几个月前和秀贤一起照的照片给申雅姐姐看。

“长这样。”

“感觉长得有点像你，莫非是因为相同的发型？”

“我们个子也差不多一样高。”

“是吗？”

申雅姐姐盯着照片看了一会儿，咕哝了一句：“长得可真像，挺好玩儿的。”

“听你说长得像，我感觉好怪啊，这岂不是说我和叔叔也长得很像吗？”

申雅姐姐挑了挑眉毛，仿佛在问我是什么意思。

“她啊，其实就是叔叔的女儿，申秀贤，和我一样大。”

我给申雅姐姐讲述了一遍我们认识的经过，但说着说着，我突然觉得我们之间的关系好像也并不是那么牢固。

申雅姐姐瞪大眼睛问道：“真的吗？申晋锡先生的女儿？你们在认识之前就知道彼此的关系了？”

“怎么可能知道。唉，要是永远不知道该有多好！”

我主动向申雅姐姐坦白自己为了过得舒服一点儿，自私地替叔叔说好话，试图让秀贤和叔叔和好的经过。

“我这个人简直有毛病，你说是不是，姐姐？”

申雅姐姐沉默了片刻，无力地吐出一句：“她应该能理解你的……善良的人都这样。”

“姐姐你以后肯定也会继续喜欢我姐对吗？毕竟她不会惹你生气。她已经死了，所以你们不用担心吵架，也没必要和解，对吧？”

“你没事吧，刘愿？我感觉你需要冷静一下。”

“申雅。”

我不知道自己为什么会突然这么叫申雅姐姐，但在看到她的眼神从惊愕转为泫然欲泣的那一刻，我终于对自己一直以来感到困惑的事情有了答案。

我把手放在申雅姐姐的肩上，轻轻地叫了几声“申雅”。申雅姐姐先是露出困惑的表情，但马上打着寒战站了起来，不悦地喊道：“喂，你为什么要模仿别人？吓到我了好吗？”

“你被吓到了？”

“是啊，以后不要再开这种玩笑了，我刚才真的以为……”

申雅姐姐的声音带着一丝颤抖，尽管在极力地掩饰，但我看得出她对我刚才的行为十分恼火。

“你以为我姐姐复活了？”

“不知道，只是心情很复杂。我曾经做过很多类似的梦，所以……”

申雅姐姐哽咽着说不出话来。

“我本来就很自私，你说是不是，姐姐？”

我讨厌这种恶语中伤别人的情况，我为自己只有这点肚量而感到羞愧，同时也为自己竭尽全力仍然做不好而感到伤心。

“姐姐，我喜欢小律，因为我认识的人当中只有小律不认识我姐姐。”

一位老婆婆牵着四条毛茸茸的小狗，从我们面前经过。看到小狗，我不知为什么突然想起了秀贤。

“所以我感觉自己能放心地喜欢小律。”

申雅姐姐弯腰从地面上捡起一片树叶，不住地摩挲着。

“所以姐姐可以认为，我自始至终从未放心地喜欢过你。每次和你在一起，我都会惴惴不安。因为我知道姐姐虽然和我在一起，但眼中看到的却是别人。”

申雅姐姐虽然露出难以置信的神色，但我并未从她的脸上感受到遭遇背叛的那种愤怒。

“我们最近还是不要再见面了，等我找回自信会再来看望姐姐你的。”

13

“刘愿，喜欢姐姐吗？”

“嗯。”

“那你希不希望我以后继续陪着你？”

“嗯。”

“小愿，你也会继续陪着我，对吧？”

“嗯。”

“好，那我们就说定了哟。”

14

我感觉今天如果不答应叔叔请我吃东西的邀约，他是不会善罢甘休的。虽然我多次婉拒说自己不饿，但叔叔还是拉着我的手腕，指着附近的一家快餐连锁店，说要请我吃辣年糕条和米肠。

如果是平时，我肯定会乖乖地被他拉进快餐店，但以我现在的心情，实在不想闻着食物的味道面对着叔叔。我觉得米肠会破坏此时的严肃气氛。于是，我用手指了指对面的一家咖啡馆。叔叔显然对咖啡馆中芬芳的咖啡味、明亮的环境及松软的沙发很不适应。

明明没有什么急事，但我不知道自己为什么会如此匆忙地离开教室，我为什么要在经过楼道时看向五班教室内，寻找坐在窗边的秀贤，又为什么偏偏撞见了在校门外徘徊的叔叔。世上怎么会有如此巧合的事情？对此，我只能解释为长期被叔叔骚扰后获得的一种超能力。庆幸的是，我比秀贤先一步发现了叔叔。

单独面对面地和叔叔坐在一起，让我感到十分不自在，于是我将视线转向在咖啡馆门口走动的人们身上。叔叔叫来服务员询问有没有红枣茶，他或许不知道咖啡馆里从不卖红枣茶和双花茶。我给自己点了一杯热可可，再给叔叔叫了一杯薄荷茶。我知道无论是冬天还是夏天，叔叔都只喝热茶。按他的话来说，是为了自己的健康着想，但我不认为一个常年吸烟的人有为自己的健康着想过。更何况，叔叔还是一个每天至少抽两盒烟的老烟民。

最让我感到愤怒的是，叔叔居然敢在我们家阳台上偷偷抽烟。当时，叔叔一边抽着烟，一边无意识地用手掰着花盆中植物的茎，那些可是我爸爸十分爱惜的盆栽。而且，他怎么能在我们家里抽烟呢？

我有点在意人们会如何看待穿着校服的我，还有身着不合时宜的旧大衣的叔叔。十指相扣、悄悄说着情话的恋人，看着一本厚厚的专业书的大婶，坐成一排用笔记本电脑观看电影的几个年轻人，他们虽然看似沉浸在属于自己的世界里，但他们的目光不时地瞥向我和叔叔，这说明他们其实对我们两个人的关系十分好奇。我恨不得立马结束与叔叔的对话，逃离这种尴尬的局面。

从某种角度来说，我或许比秀贤更了解叔叔。比如叔叔从来不带钱包，身上的钱只会对折后塞在一年四季不曾换过的大衣内兜里；他喜欢吃生蚝和生拌牛肉；他的头发始终都是接近光头的毛寸；他从来不会和别人讲自己家人的情况。

我不知道叔叔是害怕无话可说的那种气氛，还是真的有那么多话要说，总之从坐下来的那一刻起，他的嘴巴就没有停下来过。而且他所说的话，很多都是之前没有讲过的。

“我当时还打着光棍儿，我的老板给我介绍了一位姑娘，也就是秀贤的妈妈。秀贤小时候身体羸弱，所以我对她太过溺爱，以至于现在变得很没礼貌。”

您是来找秀贤沟通的吗？您难道忘了，她说过不要再来干涉她的生活？我咽下冒到嘴边的话，用钥匙挠了挠掌心。明明面对的是拥有相同体温的人类，我的内心为什么会如此冰冷、萧瑟呢？

“刘愿啊，你听你妈说过的吧？就是录制节目的事情。”

“嗯。”

“叔叔觉得吧，拍摄生活中真实的一面固然很好，但毕竟是电视节目，所以最好是能给观众们留下一个强烈的印象，比如一些感动人心的场面什么的。要不我们一起去登山怎么样？到了陡坡，刘愿你就拉叔叔一下，而叔叔则给你指通往高峰的路。这样我们就能在观众们面前营造出一个克服困难、勇往直前的美好形象，同时也能为其他有相同境遇的人们打气加油。”

我不由得回避叔叔的眼睛，扭头看向窗外。这时，我的目光在不经意间与坐在我们斜对面的一名女子的眼神碰到了一起。我原本以为只是偶然，但马上发现对方的视线一直停留在我的身上。这名女子看着像一名大学生，她在不断地用眼神向我传达某种信息。我觉得她大概是在问我需不需要帮助。那位姐姐（不知不觉就上升为亲密的姐姐）用手指着叔叔的后背，用眼神不断地发出类似于“你是不是遇到麻烦了”“需不需要帮助”的信号。突然收到来自陌生人的关心，这让我有种受宠若惊的感觉。直到我朝对方眨了两下眼睛，表示自己无碍，对方才如释重负般朝我点了点头，再将目光挪到自己前面的笔记本电脑屏幕上。

我把钥匙深深地插入掌心，打开了被自己锁在脑海深处的记忆。我看到了秀贤为我开启的天台上空的风景。如果不是秀贤，我就体会不到天台上的风、布满灰尘的仓库、晚霞和广告气球、漫长的等待，以及给我勇气敢于憎恨一个人的决心。

“我们一起爬上高峰，在上面聊一聊想说的话，制订一下新年计划什么的。那种画面肯定会很温馨，你觉得呢？”

此时，我正自私地思考着怎样才能不去恨一个人的问题。每次遇到叔叔，我的身体就会像被放到强烈的阳光下炙烤一般，感到刺痛不已。我知道自己必须摆脱这种情况。

“叔叔。”

“嗯？”

“录制节目的事情恕我不能答应你。”

“为什么？因为辅导班的事情？”

叔叔顿时露出惋惜和失望的神色

“不，不是因为辅导班的问题。叔叔，我想活得更加自信、自在一些。”

我不再顾忌叔叔的情绪，自顾自地解释道。叔叔尽管没有打断我的话，但露出了一丝惊慌的神色。他似乎无法理解为什么会出现这样的局面。

“秀贤教会了我人应该怎么活。”

听到秀贤的名字，叔叔立马皱起了眉头。

“那个时候，我一定很重吧？您就是因为承受不住我的重量，所以大腿才会断掉的吧？我感到很抱歉，毕竟是我让叔叔您受伤的，并且让您变得这么不幸。”

“你……”

“可叔叔您现在对我来说就是这样。叔叔您太重了，重得让我难以承受。”

我没有再躲避叔叔的眼睛。原来叔叔的眼睛长得这样，他的眼神并不像他高昂的嗓门儿那样给人带来压迫感，他的眼睛浑浊、模糊，看着像是很长时间没有睡过觉一样。

“是吗……”

良久之后，叔叔才艰难地缓着气说道。由于他的声音太小，我甚至怀疑自己是不是听错了。

窗外突然下起了大雨。最近，断断续续下了好一阵秋雨。我突然想起早上妈妈似乎提醒过我要备伞，可惜早上没有一点儿要下雨的迹象，所以我自然也就将妈妈的话当成了耳边风。早知道听妈妈的话就好了。

负罪感的特点是不会止于歉意，而是会像并发症一样发展为综合征。愧疚、自责、忧郁等情绪一股脑儿地涌来时，为了保护自己，潜意识会将对自己的愤怒转化为对他人的愤怒。而当我承受不住，摇摇欲坠时，秀贤总是会在一旁扶住我。

叔叔和我就这样干坐在播放着爵士音乐的咖啡馆中，默默忍受着时间的流逝。

“外面雨下得很大，你带雨伞了吗？”

叔叔若无其事地开口问道，对于五分钟前的对话，他仿佛不曾听到。

“没有，我可以在超市买一把。”

“等雨下得小一点儿，我们再出去吧。”

我虽然知道今天一整晚都会下雨，但实在没有勇气在叔叔面前提出来。

正当此时，正贤突然给我发来了信息。

姐，在哪儿呢？

叔叔跟我说了声“我去抽根烟”，便起身走向吸烟室。

姐，你是不是没带伞？你在辅导班吗？要不我一会儿去接你？

——我不在辅导班。

在哪儿呢？

——十字街的那家咖啡馆“Sleep”。

和谁在一起？

——没有，就我一个人。三十分钟后能过来接我吗？

嗯。

从吸烟室回来之后，叔叔似乎也看出了这场雨短时间内不见得会停下。

走出咖啡馆后，叔叔将从纸袋里拿出的雨伞递给我。雨伞的样子不是很好，伞骨断了一根，使得伞帽的一边塌了下来，而且伞柄的金属部分还生了锈。

“拿着吧。”

“算了。”

叔叔提着伞靠过来，试图给我遮雨。

“这都是酸性雨。”

“没关系的，一会儿我朋友会来接我。”

我怕雨伞上的锈水会滴到衣服上，连忙躲到雨伞外面。

叔叔盯着我看了一会儿，点头说：“那就算了吧。”我发现叔叔今天对我的决定格外顺从。

“你要去哪里？”

“地铁站。”

“叔叔要坐的公交车站就在前面，那里有直达的公交车。”

“好的。”

“天黑了，你注意安全。”

“好的，您快回去吧。”

叔叔转身背对着我走了一会儿，突然毫无征兆地停下脚步，接着又猛地转过身子。

“刘愿。”

“啊？”

叔叔似乎在斟酌着用词。我听着雨声，等待着叔叔开口。

“你，其实不是很重。就是……人的身体本来就很脆弱，你忘掉那些吧。”

说罢，叔叔就转身疾步离去了，仿佛什么事情都没有发生过一样。

叔叔让我忘掉的究竟是什么事情呢？是指今天拜托我出演节目的事情呢，还是指他一直徘徊在我身边所做的那些事情呢？他所指的那些是否包含我们的恩怨开始的那一天呢？

我决定在正贤到来之前，还是乖乖地留在咖啡馆的遮阳板下面。穿过雨幕，我看到叔叔蹒跚的身影渐渐从视野中远去。叔叔一手提着雨伞，一手拎着纸袋，纸袋里装着很多用途不明的杂志。如果纸袋淋湿或被撕破了怎么办？我是不是应该帮他提到公交车站？我后知后觉地想到。要不要现在跑过去呢？虽然脑海中这么想着，但我的身体却仿佛粘在了地面上，不肯挪动分毫。

叔叔奔跑在信号灯转换时间不到五秒的人行横道上，但无论一个人跑得多快，我都不觉得他能在五秒以内穿过人行横道。当人行横道上的绿灯转为红灯后，车辆虽然礼让了一会儿叔叔，但马上就失去了耐心，不断地按起了喇叭。在那一刻，我突然觉得他们或许比我还要憎恨叔叔。叔叔毫不在意地继续跑过人行横道，而他的身影马上被启动的卡车和公交车遮挡住了。我突然感到有些心塞，看来叔叔已经习惯了别人的讨厌。

“你在干什么？”

不知何时，正贤突然跳出来，挡在了我的面前。

但我无法告诉他心中的想法。

“没干什么。”

“姐，你怎么哭了？”

“别问了。”

“哦。”

正贤带来的伞大得出奇，我觉得它更适合被称为遮阳伞。我们并肩向家中走去，虽然撑着遮阳伞大小的雨伞，但我们的运动鞋和袜子都没能逃过被淋湿的命运。因为雨是斜着下的，雨伞挡得住上身却挡不住下身。而让我感到庆幸的是，即使我偷偷流泪，正贤也应该发现不了什么。

15

我被给盆栽浇水的声音吵醒了。今天早上的心情格外舒畅，这花叫什么名字啊？我指着一朵黄色的花朝爸爸问道。它占据阳台的角落有一段时间了，但我一直不知道它具体叫什么名字，甚至我都不知道它会开花。染上轻微的感冒让我感到有些不适，但我的心情依然很不错。

发烧让我的脑子有点昏沉沉的，总感觉周边有一些细小的东西不断地在我耳边呢喃，我恨不得对它们吼一声：想要跟我说话就大声一点儿，不要老是嘀嘀咕咕的！

我把妈妈拿来的没有任何味道的粥喝了个底儿朝天，因为我担心自己如果不吃，会显得是在抗拒妈妈的关心。喝下粥之前，我明明感觉吃下去就会吐出来，但等到粥真正下肚之后，我反而发现肚子里有东西的感觉真的很踏实。这让我感到很是忧伤。

今天妈妈上班，爸爸留守在家中，看得出他被妈妈安排留在家中照看我。我睡完一觉醒来就看到了爸爸的身影，他背对着我，正出神地盯着我桌上的某个东西。我桌上都有什么东西来着？然而除了习题集和教科书之外，我实在想不出自己还放了什么东西在书桌上。我不是一个喜欢到处乱放日记本和手机，让爸爸妈妈陷入良心考验的人。

啊，是照片！我忘了申雅姐姐给我的照片还放在桌上。申雅姐姐告诉我，那是自己毕业时和一些班里的同学一起拍的照片。由于是七八名学生一起拍的合照，所以照片的焦点并没有对准在姐姐身上。申雅姐姐说这是自己从其他同学那里要来的。这种有纪念意义的照片给了我们，她就不会感到心疼吗？不过根据以往申雅姐姐恨不得将所有自己值得追忆的东西都往我们家里搬的表现来看，她多半是不会感到心疼的。

单独和爸爸待在一起时，气氛总是有些尴尬。往日里我和爸爸妈妈待在一起或和妈妈单独待在一起的时候，哪怕自己一个人窝在房间里的时候，我都不会感到不好意思。但若是明知家里只有自己和爸爸两个人，而我又待在房间里不出来，心里就会有一种自己未免有些不尊重爸爸的感觉。因此，每次我都会走到客厅里跟爸爸闲聊几句，再给他削点水果什么的，然后装出一副困得要死的样子，才敢回到自己的房间里，因为只有这样，我的心里才踏实，觉得自己尽了该尽的孝。

在我的记忆里，妈妈总是不考虑我的感受就很突然地和我提起关于姐姐的事情，相比之下，爸爸则从不会无缘无故地提及姐姐。在我看来，爸爸并不是忘掉了姐姐，而是太过于在意姐姐，所以才会有意回避关于姐姐的问题。

“爸。”

爸爸被我的叫声吓了一跳，有些做贼心虚地看向我。

“你该染头了。像个小老头儿一样，妈妈看着比你年轻多了。”

“还不是因为你不给我染，你有时间就帮我染一下吧。”

我没有乖乖地答应下来。明明可以到美容院解决的事情，为什么偏偏要拉我来做？

“爸爸你喜欢叔叔吗？”

爸爸一脸茫然地看向我，但马上意识到我指的是谁，便点了点头说：“是挺感激他的。”

“我也很感激他。”

“小愿，他是你的恩人……”

“假如……爸爸你当初处事得当，我也许会更感激叔叔，而不是像现在这样讨厌他。”

我平生头一次使用“处事”这个词，所以也不是很清楚自己用得究竟对不对。

“我看爸爸你关注的只有一点，那就是让叔叔不后悔当初做出的决定，对吗？”

爸爸一头雾水地看向我。

“如果爸爸妈妈你们继续这么对待叔叔，我就无法挣脱身上的枷锁，因为我会觉得造成这一切的元凶是自己。我求求你们，不要再这样下去了。”

16

“我觉得这次是我错了。”

“不迷糊了？”

“算是吧。”

秀贤说几天不见我人都瘦了。可没道理啊！莫非病了几天，人就能瘦下来？巧的是我们这次见面的地方依旧是天台。

“你怎么就知道……我们没有做过更多的尝试呢？”

“对不起。”

“我们分开生活很久了，但爸妈真正在离婚协议上盖章不过是两年前的事。我小舅说过只要到法院起诉，哪怕我爸不愿意也是可以离婚的……但我妈一直都在坚持。你知道吗？我们国家给离异的人的福利待遇特别好。只要被选为单亲贫困家庭，不仅政府会提供免费食物，还能减免话费、电费之类的生活费用。另外，据说还能享受低息贷款、公共廉租房等福利。我们都希望他们能早点离婚，但妈妈就是不同意。或许她觉得爸爸能够改过自新吧，要么就是她一直在回避这个问题，谁知道呢……”

我不知道世上还有多少人抱着这样的幻想在活着。

“我爸认为是我怂恿我妈，我妈才打算和他离婚的，所以一直都很恨我。我虽然也劝过我妈赶紧和他离婚，但真正在离婚协议上盖章是我妈自己的决定。那天，我、正贤、妈妈正在一起吃晚饭，没想到妈妈突然和我们说，‘哦，忘了跟你们说了，我跟你爸离婚了’。她当时的语气很淡定，我们虽然不怎么意外，但还是问了她怎么下的决定。她告诉我们她听别人说，大学录取时对单亲家庭的孩子有一种叫‘平均机会典型’的照顾政策，而她希望我也能有机会享受到这种福利，所以狠下心做出了这样的决定。她和我们说，自己也是这么告诉我爸的。她当时和我爸说，‘这些年来，你对秀贤没有尽到应尽的责任，这次说什么也要帮她一把。只要你签了这份离婚协议，我就当收了你十几年的抚养费了’。结果我爸二话不说就在离婚协议上签了字。”

“对不起，我不知道。”

“这话我不知道自己该不该说，就是希望你不要太憎恨我爸。恨他的人已经够多的了，我和正贤之前不知道有多恨他。”

我们靠在天台栏杆上，看着下方被枫叶点缀的校园。我不由得想起当初我们第一次相见的场景。

“和你在一起的时候，我还是有那么一丁点儿想赞美一下我爸的。真的！”

秀贤像是安慰我一般解释道。

17

从那以后，叔叔再也没有来找过我们。被蒙在鼓里的妈妈猜测，叔叔肯定又在躲着什么人。毕竟因为金钱问题和叔叔交恶的人不止一两个，加上他又这么长时间没有登门，也不怪她会胡思乱想。

“唉……我就知道总会有这么一天的。当初还信誓旦旦地说这是最后一次，可结果呢？”

头一次看到妈妈在别人背后嚼舌根，让我感觉挺新鲜的。不过或许妈妈自己也不清楚，她此时正下意识地压低声音，仿佛怕被别人听去了一般。

他原本就是这样的人。

尽管有些对不起秀贤，但我很感激秀贤为我提供的“证词”，证明叔叔原本就是一个很糟糕的人；哪怕那天的事件在一定程度上增加了他高尚的一面，但在那之前，他就已经是一个有瑕疵的人了。

“妈。”

“怎么了？”

“你是什么时候开始喜欢我的？”

“这话上次不是问过了吗？当然是从你出生前就开始喜欢你了。”

对啊，我之前确实有问过妈妈这个问题。当时妈妈也回答说，从我出生之前就开始喜欢我了。

一个人在认识我之前就已经开始喜欢我了，这是一件多么神奇的事情！可她凭什么喜欢我呢？她都不知道我会成为一个什么样的人。不对，莫非她不知道我会成为什么样的人，所以才会喜欢我？假如妈妈早就知道我会成为现在这副模样，她还会喜欢我吗？

每次看到妈妈盲目地信任我，我就觉得这种信任其实是源于姐姐。不过我现在并不在意这些就是了。

“妈，你希望我长大后成为一个什么样的人？”

“我想想啊……”

然而当我表示拒绝成为医生、教师，还有社会福祉工作者时，妈妈的脸上明显闪过一丝惋惜。看来，她是希望我成为一名教师的。不过我喜欢这样的妈妈，因为她从不考虑自己女儿的成绩够不够得上这些职业。由于饭店帮厨的阿姨们集体到东南亚旅游，所以妈妈把一些需要收拾的食材都拿回了家中。我坐在妈妈身边，一边看着电视一边帮她选豆芽、削生姜、剥蒜皮。可能是因为熟练的关系，我干活儿的速度已经快赶上妈妈了。

“妈，你以前常念叨只要我无病无灾、好好长大就好。现在我已经健康长大了，你就没有别的什么念想了吗？”

“妈妈希望你别离家太远。比如，不要去太偏远的地区或出国，无论是上大学还是找工作都一样。”

“这也太难了吧？你干脆叫我别离开首尔好了。”

妈妈笑着说，自己就是这个意思。

“妈妈只是希望想你的时候能方便去看你，还有工作单位最好不要找那种想请个假就给摆脸色看的公司。小愿，这些都是能吃的，你为什么要扔掉啊？都说了多少次了，豆芽根只要剪掉一丁点儿就好。”

“知道了，知道了。不过，妈，你在职场里就不给下属脸色看了？在饭店里，你是老板吧？大厅经理听不听话？要不要我帮你好好教育一下老爸？”

“大部分职场都会这样，好吧？到公司上班得看上司脸色，经营饭店则需要看顾客脸色。不都是这样吗？好了，你去给我剥洋葱皮去。”

我戴上泳镜剥起了洋葱皮，这也是我多年来潜心研究出来的秘诀。

“哎，也许等过了五年、十年，说不定生活就变好了。”

“是啊，我希望妈妈的生活也能变得更好。”

妈妈看着我欲言又止，感觉似乎有什么话要说。

“小愿，明年或后年，我打算把饭店转手。”

“怎么了，他们又要涨租啦？”

“没有，不是因为这个。”

“那是为什么呢？好好的，为什么要转手？”

“我打算扩大一下经营规模。这个问题我一直都在考虑，不过现在生意好了不少，所以打算来年年末左右尝试一下。”

“真的？那挺好的。”

“司机餐厅竞争多激烈啊，我们家饭店门口的停车位太少了。作为一家司机餐厅，停车位少是一个很大的劣势。现在是因为那些司机师傅给面子，愿意光顾我们饭店，我们才能坚持到现在。”

“妈，那都是因为我们饭店的饭菜便宜好吃。人家续多少次菜，你们都笑着答应，人家当然愿意再光顾了。”

“这也算一个理由，但你当其他饭店就不给续菜了？”

套餐价格好几年都没有变动的饭店，却只有我们一家啊。尽管腹诽不已，但我并没有反驳妈妈的话。因为关于妈妈的经营哲学，我们一家人早已有过定论。

“小愿，你知道晋锡叔叔他以前也是一名货车司机吧？”

我不知道妈妈为什么突然提起这件事情。

“司机师傅到司机餐厅吃饭是一件很正常的事情。于是妈妈就想，这个人说不定是从釜山或南海过来的，所以现在一定很疲惫。只要这么想，我就觉得自己应该好好招待这位客人。”

不就是南海吗？要是像妈妈这样好心的人再多出一个，叔叔说不定都能开着卡车跑到月球上去了。

似乎是看出了我内心的不忿，妈妈笑得前俯后仰。但不知是否是洋葱太辣眼的关系，我感觉妈妈的眼眶有些红了。

18

我和正贤每周日都会去自习室学习。我们也劝秀贤和我们一起去，但她向来对此敬谢不敏。正贤平时学习十分认真，但不知为什么收效甚微。此外，很多只要认真看过我的押题本就能解出来的题，他都能答错，令我感到惋惜不已。因此，我有时会想，要是正贤能把学习的热情灌注到练习演技上，结果会不会更好一点儿？我很难想象正贤站在摄影机前演戏的场景，于是便询问他究竟想要成为什么样的人。

“如果你成为演员，想演什么角色？”

“角色？”

“我觉得你最好还是定一下具体的目标。虽然能担任的角色越多越好，但每个演员都有最适合自己的角色不是吗？”

“那……我选坏人，我想担任别人眼中的那种坏人角色。

我想尝试一下做坏人的感觉。姐，你有没有看过《老无所依》这部电影？”

“在电影频道上粗略地看过。”

“我喜欢哈维尔·巴登在那部电影里饰演的安东·齐格。你知道吧？就是那个……”

“就是那个拿着气枪的？”

“对。”

“喜欢他的人挺多的，但我不怎么感冒。可能是我没有理解清楚吧，但怎么说呢？感觉有点费解，在看电影的时候，我一直弄不明白他在想什么。”

“我反而喜欢这一点。另外，未成年限制观看的条件也觉得不错。我其实不怎么喜欢看电影，因为精神没法集中。两个小时一动不动地坐着也挺累人的，所以我更喜欢看电视剧。”

原本我还打算周末骗秀贤说自己弄到了三张电影票，然后三个人一起去看电影呢。看来是省了一张电影票了。

“你喜欢他哪里？”

莫非正贤很想杀人？要么是想对别人发脾气？

“安东·齐格这个人物没有什么动机，电影里也没有告诉人们他为什么成了坏人。比如，他为什么肆意杀人，还不会感到内疚？为什么他可以做到那么冷血？这些问题电影里都没有交代清楚。但我们身边也有不少做出令人费解行为的人，我认为想要费尽心思去理解这些人的行为，这件事本身就很傻。电影中人们称齐格为疯子杀手，但在我看来，这样的人就是一颗石头一样的存在。”

“石头？”

“对，就像一颗路边的石头。尖锐、粗糙，没有经过任何打磨的石头。他们就是这样的状态。我不知道他们是否天生就是这样的人，但他们当前的状态确实是这样没错。因此，哪怕我被它们绊倒、被刮到、被割伤，我也没必要对它们发火。因为无论是我想要理解石头的行为，还是期待石头去理解我的行为，都没有任何意义。”

我听得云里雾里。不过，正贤原本就是这么有想法的人吗？

“是不是听不明白是什么意思？总之，我就是想尝试一下成为那样的人物。哪怕是一次也好。也就是那种用普通人的思维根本无法理解的人物；那种行为令人费解，同时可以令每个人都对他有不同的感悟和理解的人物。”

原来正贤也会这么努力啊！

我不禁点了点头。看来我们每个人都会在各自的位置上健康地成长下去。

19

我每天都忙得焦头烂额。事实上，辅导班的课程表已经被安排得满满的了，所以我也没有时间去想别的东西。每天早上吃完饭就去上辅导班，并且一待就是一整天。等太阳落下，回家的时候，我才有时间感慨一下“今天的天气真冷”“今天真漫长啊”。参加辅导班能让我忘记恐惧，而这又迫使我不敢生出丝毫逃课的念头。

秀贤同样也忙得脚不沾地。她和我提过好几次周末一起去参加游行示威和志愿活动，但都被我以太忙为由婉拒了，因为我担心自己只要去过一次就会被秀贤彻底洗脑。我大致能猜到秀贤想做的事情，还有她想要创造的世界是什么样的，但我并没有具体向她询问。只是在得知有数万名像秀贤一样的人聚集在惠化门或光化门时，我的内心免不了产生一丝紧张和愧疚，因此在去辅导班前，我都会尽量将手机留在家中。于是不可避免地，我和秀贤对话的次数少了很多。

当然，对话的次数少了并不意味着我们俩的关系就变疏远了，因为周末的时候我们都会尽可能抽出时间见上一面。要不然我们的身心某处就会像生锈一样，感到极不舒服。每当周末辅导班下课时，秀贤就来到辅导班门前等我。

我和秀贤本就不在同一个班级里，所以升高三时，我们没有像其他人那样担心和好朋友分开。哪怕到时候真的分不到一个班级里，我们之间的关系也不会变得生分。这一点让我十分满意。事实上，我更希望高三时，我和秀贤能分配到不同的班级，因为我担心和她在同一班级会影响自己学习。我甚至能想象得到我们在课堂上嘻嘻哈哈地传纸条，然后不小心被老师逮住，受到眼神警告的场景。真的是想想都让人感到兴奋不已。

“李向仁，李向仁！”

李向仁，这位在我眼中最始终如一的学生猛地站了起来，一脸不善地看向我。

为了表示自己是一个有礼貌的人，我坦然地盯着他的眼睛说：“那个，中央空调关了，马上就会冷起来，你看是不是回家睡比较好……”

李向仁闻言打量了一下四周，这才感受到冷意，抱着肩膀抖了几下，又忍不住睡意地重新趴回桌面。

我套上羽绒服，拉上拉链，最后提起书包挎到肩上。

“刘愿，这是你第一次和我说话。”

李向仁趴在书桌上，梦呓似的嘀咕道。

“是吗？”

“以后回家之前记得叫醒我。”

我心想“为什么要叫醒你”，但想想觉得又不是什么费力的事情，于是便决定答应下来。况且做好事也能让人心情愉快，不是吗？

“知道了，不过你怎么这么嗜睡啊？是因为学习，还是因为打游戏？”

“打工啊。”

“什么？”

“我是说我得打工啊。便利店兼职，就是十字街网吧下面那家。你可以在辅导班下课后过来找我，我会给你留废弃食品[①]。”

---

① 即将过期的食物，这里特指保质期在一天内的食物。——译者注

“太好了，那会儿正是肚子饿的时候，我先谢谢你。”

李向仁默默地将头转向墙壁。不，他已经开始做醒来的准备了。

20

学校开始放寒假，秀贤和正贤打算到南海外婆家过冬。我表示自己从未去过南海，结果他们二人轮番给我灌“迷魂汤”，说南海有多么多么好，于是我的脑子里被强行塞入了各种有关南海的信息。比如，南海的特产是蒜薹、大米和菠菜；南海有很多美味小吃；南海有韩国最大、最美的滑翔伞场地；等等。

最终，我稀里糊涂地就答应陪他们一起前往南海。巧的是几天后也是我的生日。他们二人从一周前开始就给我显摆，说什么值得期待啦，能来南海是我的福气啦等，使得我的期待值一下子被无限拔高，认为他们真的是在筹划着什么了不起的惊喜。但另一方面，我有些担心当他们准备的惊喜没有达到我的预期时，自己是否还能够装出欣喜的样子。不过单从结论来说，我收到的惊喜确实远超我的想象。

想要站在高处，始终需要勇气。一直以来，对于从天台俯视地面时感受到的情绪，我只当是单纯的不安和恐惧，认为双腿发软、浑身冒冷汗等表现是潜意识中残存的记忆在作祟。像过山车等游乐设施，我根本连坐都不敢坐。然而看到秀贤、正贤为我准备的生日礼物之后，我才明白原来自己不仅不害怕，反而很享受这种感觉。在这里我所感受到的情绪，应该称之为激动、期待，又或是战栗才更恰当。

我们坐着车来到了山顶，这是滑翔伞起飞的地方。尽管是一座不怎么高的小山，但下方的大海、沙滩及海滨村庄都能一览无余。我在登记表上填写了自己的名字和身份证号。据说，如果不幸发生意外，保险公司会给理赔。我不放心地向负责受理的姐姐打听之前有没有人出过意外，结果那位只是笑而不语，末了给我回了个意味深长的眼神。我顿时感到一阵抓狂，她这笑容到底是什么意思？究竟是有还是没有啊？

“没事吧？”

秀贤笑眯眯地看着我问道。我感觉她其实是在等着看我的笑话。

“虽说有点期待，但一想到只有我一个人飞，感觉更像是在接受惩罚。”

“喂，这个很贵的，没办法三个人都玩。”

正贤和秀贤掏光自己的零花钱才为我预订了这次的滑翔伞飞行，而我的个人出资只有区区五万韩元。不说他俩为我花了多少钱，单单这份心意就让我非常感动。

“你慢点飞下来，我们就先下去了。”

我赶紧抓着秀贤说：“等考上大学了，我们就去中国台湾旅行吧。”

“为什么非得去那儿？”

“那儿的滑翔伞价格比我们这里便宜得多，而且还有很多旅游景点。”

“好，那就去吧。”

“秀贤，我有话要对你说。”

秀贤向我点点头，表示自己在听。

“你知道我名字的含义吗？”

“有什么含义？”

“是愿望的愿，也就是愿望、希望的意思。”

“是吗？”

“我姐姐一直都很期待我的出生，所以才给我取名为愿。”

“很有意义的名字。”

秀贤笑了笑，又鼓励似的给了我一个拥抱。

“你好好享受飞翔的感觉，我们在下面等你。”

正贤和秀贤先一步乘坐车辆离开了。

“紧张吗？”

滑翔伞教练给我挂上保护装置时问道。

“是的。”

他和我一起助跑了十米左右的距离。因为身上的装备太重，所以我其实是被教练拖着跑的。都没来得及后悔，我们便从悬崖上跳了下来。当我在心中大喊“完蛋了”的时候，我们的身体已经飘浮在空中。

我感觉自己仿佛从“表世界”进入了“里世界”。

我感受到了一股风的阻力，我的身体从未像现在这样轻盈过。不知何时，茂密的丛林风景已然从我的脚下闪过，展现在眼前的是一片一望无际的海水。原来大海这么广阔啊！碧绿的海面上闪烁着金色的光芒。尽管身后有滑翔伞教练牢牢地拖着我，但在这一刻，我首次感觉像是自己一个人在飞。

我眺望着遥远的地平线，以及弯弯曲曲的海岸线。好想一直停留在这里！这种缥缈的感觉，仿佛自己原本就生活在天空中。当我产生这种想法的瞬间，我的腋下肋骨突然有种痒痒的感觉。起初，我只是觉得有点痒，但马上就从那里传出嘎吱嘎吱如同踩雪般的声响。我能感受到随着这股清澈的声响，有什么东西正从我的侧腰里钻出来。不知何时，我身后的滑翔伞教练已经消失不见。我解开身上沉重的装备扔到下方，我的身体变得更加轻盈。然而我没能掌控好方向，在空中滴溜溜地转起了圈。好在在即将撞上海面的瞬间，我再次蹿到了空中。我不断地攀升，身体离云彩越来越近。

我不由得想到了姐姐，但马上发现姐姐就坐在自己的头顶。

“姐姐，是不是一点儿都不可怕？”

“嗯。”

我的心中第一次产生了想要像姐姐一样的勇气，那个让我得以享受现在这一切的姐姐……

我感觉自己重获了新生。

等我回过神来时，我已经离地面越来越近了，不由得感到一阵惋惜。不过想到下方还有人在等着自己，我至少不至于感到失落。我看到秀贤在下面不停地朝我挥着手。着陆的时候，我们在海边奔跑了十米左右的距离才将将停了下来。

“大腿没事吧？”

滑翔伞教练问道。

“嗯，谢谢你的关心。”

“你太安静了，我差点以为你睡着了呢。”

“也许吧，我感觉自己做了个梦。”

秀贤和正贤欢笑着向我跑来，一把将我抱在怀里。

作家感言

去年年初的时候，我就很想写一篇小说。当时的我正好十分仇视某个人，所以“叔叔”可以说是我心中最先构思出来的小说人物。随着故事情节缓缓地展开，很多比他更重要的人物也一一登场。他们就是刘愿、秀贤及正贤。在努力去了解他们的行为和内心的过程中，我发现自己的情绪渐渐得到平复，心胸也变得更加豁达。

我希望故事中的主人公——刘愿站在选择的岔路口时，能够做出比现实中的我更好的选择。就像小说中生出的微弱希望带给了我安慰，我也希望这道“光”能传递给所有阅读这本小说的读者们。

好多次，我都怀疑自己是否能完成这部小说。多亏有了各位的帮助，我才能将不可能转化为可能。

我很感激在我彷徨时给予我鼓励的金智恩老师，以及作者群中的成员韩松尔、敏珠姐姐。

我还要对各位评审老师和青少年评审团致以真诚的问候。我会不断地寻求自我发展，决不会辜负各位的期望。

另外，我想向不辞辛劳地帮我校正、润色原稿的郑敏娇编辑老师传达真挚的谢意。对我来说，能跟老师交流原稿是一件十分愉快的事情。

最后，我想对无论什么时候都能无条件支持我的妈妈，还有让我明白持之以恒的重要性的爸爸说一句“我爱你们”。

2020 年 6 月

白温柔